Bianca

SEDUCCIÓN VENGATIVA
Trish Morey

HARLEQUIN™

Editado por Harlequin Ibérica.
Una división de HarperCollins Ibérica, S.A.
Núñez de Balboa, 56
28001 Madrid

© 2018 Trish Morey
© 2019 Harlequin Ibérica, una división de HarperCollins Ibérica, S.A.
Seducción vengativa, n.º 2708 - 26.6.19
Título original: Consequence of the Greek's Revenge
Publicada originalmente por Harlequin Enterprises, Ltd.

I.S.B.N.: 978-84-1307-742-0
Depósito legal: M-13470-2019
Impresión en CPI (Barcelona)
Fecha impresion para Argentina: 23.12.19
Distribuidor exclusivo para España: LOGISTA
Distribuidor para México: Distibuidora Intermex, S.A. de C.V.
Distribuidores para Argentina: Interior, DGP, S.A. Alvarado 2118.
Cap. Fed./Buenos Aires y Gran Buenos Aires, VACCARO HNOS.

Capítulo 1

STAVROS Nikolides estaba muerto.

Alexios Kyriakos cerró los puños mientras leía la noticia. El hombre al que su padre había admirado y en el que tanto había confiado, el hombre que más tarde lo habría traicionado, dejándolo completamente destrozado, había sufrido un infarto durante una fiesta en su yate y se había apagado entre una magnum de champán y una amante en bikini.

Muerto.

Eso debería de haberle bastado.

Alexios se puso en pie, incapaz de digerir la noticia sentado, necesitando estirar las piernas, y se dirigió a la ventana con vistas a la ciudad de Atenas, donde las ruinas del Partenón se cocían bajo el implacable sol.

Los dioses se habían tomado la revancha.

Y eso debería haberle bastado.

Pero Alexios no se sentía satisfecho, sino engañado. Había perdido la oportunidad de ser él quien, a su manera, arrebatase a Stavros aquella vida llena de lujos cuando había tenido tan cerca la venganza que casi había podido saborearla.

Porque había prometido a su padre, en el lecho de

muerte, que se vengaría. Y había pasado los últimos diez años trabajando en ello. Jamás había pedido a los dioses que solucionasen sus problemas. Siempre se había cuidado solo. ¿Por qué habían intervenido en aquel momento y le habían impedido resarcirse?

Miró hacia el monte, lleno de turistas, como si la respuesta estuviese allí, entre las ruinas del Partenón y el templo de Atenea Niké y algo hizo clic en su cabeza.

Volvió al escritorio, buscó el informe y observó dos fotografías. En una de ellas la mujer salía en bikini, en un yate en la costa amalfitana, en la otra llevaba gafas oscuras y su expresión era compungida, salía de la morgue a la que habían llevado el cuerpo de su padre.

Athena Nikolides. Veintisiete años. Producto del breve matrimonio entre Stavros y una modelo y actriz australiana. Heredera de una fortuna, fortuna que su padre había conseguido robando a todo el que había conseguido robar.

Athena Nikolides.

Tan impresionante como su madre y tan rica como su padre.

Aquella sería su venganza.

Capítulo 2

AQUELLA soleada tarde de septiembre, Athena se sentó aturdida en una cafetería de Thera, casi sin darse cuenta de que ya tenía un café delante, sin poder ver en el mar brillante que rodeaba la isla de Santorini.

Tenía la vista clavada en los tres cruceros que había anclados a la costa o, más bien, en los pasajeros que volvían a ellos después de haber pasado el día montando en burro por las empinadas calles adoquinadas de los pueblos que se extendían sobre el borde del acantilado. Observó ir y venir a las pequeñas barcas y aquello le resultó ligeramente terapéutico.

Respiró hondo el aire salado y limpio, espiró despacio, sintiendo cómo la tensión de sus hombros y cuello se disipaba poco a poco, cómo remitía el dolor de cabeza que había empezado a notar desde que había salido del edificio de acero y cemento en el que estaba el despacho de abogados de su padre, en Atenas.

Sabía que todavía estaba en shock. Había sido eso, la impresión y el tener que seguir una conversación llena de términos legales en griego, lo que había hecho que se le pusiese aquel dolor de cabeza. Su nivel de griego había sido suficiente para estudiar en la universidad, pero había creído entender mal la conversación mantenida con los abogados.

Por ese motivo, había levantado la mano en un momento dado y había admitido que no entendía, que nada tenía sentido, que, por favor, se apiadasen de ella y se lo explicasen bien.

–Es muy sencillo, Athena, tu padre te lo ha dejado todo a ti. Todo. Hasta el último euro.

Y, aun así, había seguido sin comprenderlo.

Sacudió la cabeza como la había sacudido entonces, intentando hallar el sentido de aquella mañana en la que todo desafiaba a la lógica.

Había llegado al bufete sin saber por qué la habían llamado, y había salido de él una hora después completamente abrumada porque, de repente, se había convertido en una de las mujeres más ricas de Grecia. Su padre, al que casi no había conocido, que la había desheredado de adolescente, había decidido dejárselo todo: su fortuna, una casa en Atenas, un yate, un helicóptero y la joya de la corona, la isla de Argos, situada en el mar Egeo.

Todo.

Y Athena no lo podía entender.

Se bebió el café mientras una fila de burros conducida por un hombre con el rostro curtido pasaba lentamente delante de ella. Los animales parecían agotados después de haber estado paseando a los pasajeros del crucero y era imposible no sentir lástima por ellos. No obstante, si Santorini atraía a tantos visitantes era por un motivo, porque aquel archi-

piélago de islas volcánicas con forma de anillo era
un lugar precioso, con sus casas blancas sobre el
acantilado, con sus espectaculares puestas de sol.

Y a ella le encantaba por aquellos motivos y muchos más, por su historia, por su clima, por aquel
viento que en ocasiones era tan salvaje, como en
aquellos momentos.

Había hecho bien en ir.

Allí se sentía con los pies en la tierra.

Además, ¿adónde más podía ir?

Podía volver a Melbourne, donde había crecido
después de que sus padres se divorciasen, donde tenía
a los amigos de la infancia, o al pequeño pueblo del
que procedía su padre, del que solo tenía algunos recuerdos de la infancia. Podía haber ido a cualquiera de
los dos lugares, pero allí la conocían. Tenía amigos en
Melbourne y familia lejana en el pueblo. Personas
que la abrazarían y se preocuparían por ella, y eso era
estupendo, pero lo que necesitaba era poder pensar.

Porque después de todo lo que había descubierto
esa mañana, necesitaba pensar.

Y en aquella mágica isla en medio del mar Egeo
podía respirar, podía pensar. Y en esos momentos
necesitaba desesperadamente pensar y respirar.

–¿Le importa?

Aquella voz le hizo levantar la cabeza en vez de
limitarse a asentir. No le importaba compartir la
mesa, lo había hecho muchas veces,pero aquella voz
sobresalía sobre todas las demás que se oían a su alrededor. Una voz espesa y rica, como los posos de su
café, y tan profunda que casi pudo sentir sus vibra-

ciones. Una voz que iba bien con su dueño, tal y como Athena descubrió un segundo después. El primer adjetivo en el que pensó al verlo fue «impecable». Alto y moreno, con mandíbula cincelada y el pelo ligeramente largo.

Aunque fueron sus ojos lo que la hizo mirarlo por segunda vez. Tenía las pestañas oscuras y espesas, y la miraba demasiado como para solo querer sentarse allí a tomar un café. Athena sintió un escalofrío.

Él esbozó una sonrisa y Athena reaccionó por fin.

—Por supuesto, siéntese.

Él tomó la silla que había a su lado y le rozó la pierna con la suya, causándose un repentino calor que hizo que a Athena se le cortase un instante la respiración. Apartó las piernas y respiró hondo.

—Le gusta el café fuerte.

No era una pregunta.

Ella asintió sin levantar la vista, agarrando la taza con fuerza.

—Me ayuda a pensar.

—Pensar es bueno —comentó él, dando un sorbo a su propia taza antes de añadir—: Pero también hay que encontrar cosas que hagan sonreír.

Athena lo miró con curiosidad.

—Perdone, ¿lo conozco?

—¿Necesito conocerla para darme cuenta de que está muy triste y pensativa? Da la sensación de que el peso del mundo recae sobre sus hombros.

Ella no pudo hablar. No pudo creer que alguien le estuviese hablando así, mucho menos un extraño.

—No —continuó él mientras seguía sujetando la

taza con aquellos dedos tan largos, que terminaban en unas uñas muy cuidadas–. No nos conocemos. Si nos hubiésemos visto antes, estoy seguro de que me acordaría.

Su mirada y sus palabras la acariciaron con suavidad y Athena pensó que hacía mucho tiempo que no sentía nada tan parecido a atracción, así que casi podía perdonarlo por haber iniciado una conversación que ningún extraño tenía derecho a iniciar.

Ella no tenía ningún motivo para quedarse allí, hablando con él, dado que ya se había terminado el café, pero deseó quedarse un rato más, para seguir sintiendo aquello.

–Me llamo Alexios –se presentó él.

–Yo, Athena –respondió ella.

–Ah, la diosa de la sabiduría y de las artes.

–Y también de la guerra –añadió ella, sonriendo.

Él asintió con una leve inclinación de cabeza.

–Es cierto, pero posee un temperamento tranquilo, que avanza despacio hacia la ira y solo para luchar contra causas injustas.

–Veo que sabes mucho de mitología griega –comentó ella impresionada.

Él se encogió de hombros.

–Soy griego, sería un ignorante si no conociese la historia de mi pueblo.

–Así que… Alexios –dijo ella, quedándose pensativa–, supongo que eso te convierte en un defensor de la humanidad, ¿no?

Él sonrió y Athena pensó que no podía ser más guapo.

–La diosa de la guerra y el defensor de la humanidad –dijo Alexios–. El mundo sería un lugar mucho más seguro si estuviese en nuestras manos, ¿verdad?

Athena se dio cuenta de que lo estaba mirando fijamente y apartó la vista. Sabía que estaba coqueteando con ella y le estaba gustando, aunque no supiese cómo responder. No estaba acostumbrada a coquetear. Hacía una eternidad que no sentía el suficiente interés por nadie como para hacerlo.

–Eso no lo sé –le respondió.

Una pareja de turistas estadounidenses pasó por su lado charlando animadamente y Athena aprovechó la distracción para cambiar de posición y volver a mirar hacia la caldera volcánica, fingiendo interesarse por los barcos. Sabía que no era más que una diversión para aquel visitante que se marcharía de allí en cuanto se terminase el café.

–Tengo un problema –anunció él–. Tal vez la mujer con nombre de diosa de la sabiduría pueda ayudarme.

Ella lo miró con cautela.

–No sé cómo.

–El sol está a punto de ponerse en la isla más romántica del mundo y yo voy a cenar solo.

–¿Y cómo puedo ayudarte yo?

–Podrías ayudarme, y mucho, cenando conmigo.

Athena suspiró y apartó la mirada del mar azul, se sentía decepcionada. Una cosa era charlar con un desconocido que le resultaba interesante y, otra muy distinta, cenar con él. Había oído muchas historias acerca de hombres que acechaban a mujeres solitarias y les hacían todo tipo de promesas, y la atracción que sentía por él podía hacer que bajase la guardia.

Además, después de la noticia de aquella mañana, tenía más motivos que nunca para tener cuidado. Nadie podía saberlo, salvo los abogados y ella, pero prefería ser cauta.

—Lo siento, pero no busco ningún gigoló. Tal vez deberías intentar resolver tu… —le dijo, mirándolo de arriba abajo—… problema en otra parte.

Él se echó hacia atrás y dejó escapar una carcajada. La camisa blanca se le pegó al fuerte pecho y se le marcaron los pezones oscuros, y Athena casi pudo oler su testosterona.

—Es la primera vez que alguien me llama gigoló.

Ella lo miró a los ojos. Era muy atractivo. Muy sexy.

—¿Sí? ¿No te dedicas a buscar a mujeres de aspecto triste y solitario por Santorini?

—Solo me fijo en ellas si son guapas.

Entonces fue Athena la que se echó a reír. No pudo evitarlo. Aquella conversación era ridícula y la actitud de aquel hombre, indignante, pero al mismo tiempo era como un soplo de aire fresco en su desbaratada vida. No se acordaba de la última vez que se había reído.

Él también estaba sonriendo.

—¿Lo ves? Deberías reírte más. Te pones todavía más guapa cuando ríes.

Lo mismo habría podido decir ella de él. Su rostro se suavizaba cuando sonreía.

Y sus ojos, sus ojos la estaban mirando como si la

conocieran. Era desconcertante. Athena intentó apartar aquella idea de su mente. Nadie la conocía. Nadie sabía que estaba allí. Había salido del bufete de abogados y había ido directa a su apartamento, había preparado una bolsa de viaje y había reservado el vuelo mientras iba en el taxi de camino al aeropuerto.

–¿Qué me dices? –le preguntó él–. ¿Prefieres cenar conmigo o sola, y después pasar el resto de tu vida arrepintiéndote?

–Te veo muy seguro de ti mismo.

–Estoy muy seguro de que quiero cenar contigo. Quiero conocerte un poco mejor.

–¿Por qué?

–Porque tengo la sensación de que lo que voy a descubrir me va a gustar. Y mucho.

Ella sacudió la cabeza. Sentirse tentada por la invitación era ridículo. Ella no salía con extraños. No permitía que nadie se acercase tanto. Y una vocecilla en su cabeza le preguntaba por qué no volvía a encerrarse en sí misma, sobre todo, teniendo en cuenta las advertencias de los abogados.

Pero aquella vocecilla tenía que enfrentarse a la profunda mirada color chocolate de Alexios. ¿Por qué no podía cenar con aquel hombre? ¿Qué tenía de malo sentirse atraída por él y actuar en consecuencia? Nadie sabía quién era, nadie la conocía allí.

Después de una adolescencia rebelde, Athena había empezado a ser cauta y responsable, había decidido mantenerse alejada de los medios. Lo que significaba que nunca corría riesgos innecesarios, por tentadores que fueran.

–No –respondió por fin, dejándose llevar por su sentido común–. Me temo que no puedo. Gracias por la conversación, ha sido…

–¿Tentadora?

–Interesante –le dijo ella, sabiendo que Alexios tenía razón.

Alguien le rozó la espalda y ella dio por hecho que era un camarero recogiendo otra mesa, así que no pudo levantarse inmediatamente.

–Ha sido muy agradable –añadió–. Que tengas una buena tarde.

Se giró para recoger sus bolsas, pero descubrió sorprendida que solo había una. Buscó en el suelo, debajo de la silla, a su alrededor.

–¿Qué ocurre? –le preguntó Alexios.

–Mi bolso –dijo ella–. No está.

Recorrió la cafetería con la vista y vio a un hombre que sorteaba las mesas en dirección a la calle, con su bolso blanco debajo del brazo, y se dio cuenta de que le acababan de robar.

–¡Deténganlo! –gritó Athena–. ¡Ese hombre me ha robado el bolso! ¡Que alguien lo detenga!

–Espera aquí –le dijo Alexios, apoyando una mano en su hombro antes de echar a correr entre las mesas.

Un camarero se acercó a ella con gesto compungido.

–Permita que le traiga otro café –le ofreció.

–No –respondió ella, que no necesitaba más cafés.

Llevaba el pasaporte y el monedero en el bolso. El

ladrón sacaba bastante ventaja a Alexios, si se perdía entre la multitud…

El camarero asintió, pero volvió con una botella de agua con gas y un ouzo.

–Para que se tranquilice –le dijo.

Mientras tanto, la mujer americana que había en la mesa de al lado le tocó el hombro y se quejó de los ladrones que se aprovechaban de los turistas, e intentó reconfortarla diciéndole que seguro que su marido conseguía recuperar el bolso.

Athena no tuvo fuerzas para contestarle que no era su marido. Sobre todo, porque desde que había visto desaparecer a Alexios se le había pasado por la cabeza la posibilidad de que estuviese compinchado con el ladrón y se hubiese encargado de entretenerla.

Pasaron los segundos y ella siguió pensando que se había dejado engañar por los cumplidos de aquel hombre tan guapo. Y, de repente, sintió que no podía seguir allí sentada. ¿Por qué estaba esperando a que un extraño volviese con su bolso? Lo que tenía que hacer era ir a la policía.

Le dijo al camarero que volvería a pagar la cuenta, pero este respondió que no era necesario. Entonces Athena vio que había alboroto en la puerta del bar, seguido de un aplauso, y vio allí a Alexios, respirando con dificultad y con su bolso en la mano.

Sintió que el alivio la inundaba.

–¿Lo has alcanzado?

–Sí –respondió él, tendiéndole el bolso–. Ese chico no volverá a molestar a nadie por aquí.

Los dueños del local le dieron las gracias y Alexios

fue erigido en héroe mientras Athena abría el bolso para comprobar que el pasaporte y el monedero seguían allí.

—Iba a ir a la policía. ¿Piensas que debemos denunciarlo de todos modos, por si lo vuelve a intentar?

—No le ha dado tiempo a abrirlo, mucho menos a robar nada —comentó él—. Y, después de la charla que le he dado, estoy seguro de que no repetirá la hazaña próximamente.

—Gracias —respondió Athena, sacando unos billetes para pagar los cafés—. Desde luego, el pasaporte y las tarjetas de crédito están aquí. No sé cómo compensarte.

Él sonrió.

—No es necesario, pero, si insistes, mi invitación a cenar sigue en pie.

Athena cerró los ojos lentamente. Aquel hombre acababa de recuperar su bolso y ella se sentía culpable por haber pensado que podía estar de acuerdo con el ladrón, ¿cómo podía negarse a cenar con él?

Su sonrisa fue todo lo que Alexios necesitaba para saber que iba a aceptar la invitación.

—Será un placer cenar contigo —respondió ella.

Capítulo 3

LA TENÍA.

Había estado seguro de que su plan iba a funcionar. Había imaginado que Athena lo rechazaría de entrada, pero tendría que aceptar si se sentía en deuda con él. Había sido muy sencillo y en esos momentos Alexios se sentía dispuesto a pasar a la siguiente fase de su plan, mientras la guiaba por las callejuelas hacia el lugar en el que iban a cenar, desde donde se veía la mejor puesta de sol de la isla.

–Santorini es mi isla griega favorita –comentó, mientras avanzaban sin prisa porque todavía faltaba un rato para la puesta de sol–. Tal vez mi lugar favorito del mundo.

–El mío también.

–¿De verdad? Ya tenemos algo en común. Eso ya es un buen comienzo, ¿no?

La sonrisa de Athena le dijo que más que impresionada por su comentario, se sentía divertida.

–Estoy segura de que es el lugar favorito de muchísimas personas.

–Cierto –admitió él, sabiendo que todavía tenía mucho trabajo por hacer.

La había convencido para que cenase con él, pero

era evidente que todavía tenía dudas y su actitud era cauta. No obstante, se haría con ella. Y, además, no le resultaría un gran esfuerzo. Lo que le había dicho en la cafetería era cierto. Cuando Athena sonreía, su rostro se iluminaba y le brillaban los ojos azules, le salían unos hoyuelos a ambos lados de la generosa boca y pasaba de ser guapa a ser cautivadora.

Y luego estaba su modo de moverse. Con aquel vestido de tirantes anchos, ceñido a la esbelta cintura, se movía con la gracia de una modelo, balanceando suavemente las caderas y haciendo bailar la falda de manera seductora.

No, no sería ningún esfuerzo acostarse con ella. Y, antes de que se diese cuenta, estaría tan inmersa en su historia de amor que no notaría que le estaban robando su fortuna.

Y cuando fuese consciente, ya sería demasiado tarde y él se habría vengado.

Era un plan perfecto.

Mientras tanto el sol iba descendiendo en el cielo y parejas y grupos de turistas buscaban el mejor sitio desde el que presenciar el atardecer.

Alexios fue hablando de temas sin importancia hasta que se detuvo delante de una verja cerrada que estaba en la zona del camino que daba a la caldera volcánica.

—Ya estamos.

Marcó un número y abrió, dejándola pasar.

Ella puso gesto de sorpresa al darse cuenta de que estaban en un palacete, vestigio de la ocupación veneciana de Santorini muchos siglos atrás.

–Pensé que íbamos a ir a un restaurante…

–Es un restaurante privado.

Athena se giró hacia él.

–Esto es una casa, un palacio –comentó confundida.

–Con las mejores vistas de Thera. Me alojo aquí.

–¿Aquí?

–Entra, te enseñaré las vistas desde la terraza.

Ella se quedó inmóvil, con la cabeza inclinada hacia un lado.

–¿Quién eres?

–Ya te lo he dicho. Me llamo Alexios, Alexios Kyriakos –le respondió él, mirando la verja–. La puerta no se queda cerrada desde dentro, pero siempre puedo dejarla abierta, si piensas que tal vez vayas a necesitar escapar.

Hizo una breve pausa.

–Si no confías en mí.

Tuvo la sensación de que ella se ruborizaba al oír aquello. Por supuesto que confiaba en él. La vio negar con la cabeza y apartarse el pelo detrás de la oreja.

–Lo siento. Hoy estoy un poco tensa, sobre todo, después de lo ocurrido en la cafetería. No es necesario que la dejes abierta –respondió, apartándose del medio para que Alexios pudiese cerrar.

Él no la hizo entrar en la casa, sino que la guio por un camino que la rodeaba, por el que se llegaba a una enorme terraza con unas preciosas vistas de las islas que habían formado un círculo roto tras la erupción del volcán miles de años atrás. A sus pies había una pared de tierra también volcánica y daba la sensación de que estaban casi suspendidos del cráter.

Athena se apoyó en la barandilla y giró el rostro hacia la brisa del mar.

–Es un lugar precioso.

–Sí –le respondió él, quedándose un paso atrás, con las manos metidas en los bolsillos.

No quiso acercarse demasiado porque quería que Athena se sintiese segura. Y porque era un placer observarla. Y esperar al momento adecuado.

–Ahora –añadió–, mientras esperamos a que el sol haga magia, podíamos ir comiendo algo.

Señaló hacia el interior de la casa. Alguien había abierto las puertas de la terraza y justo delante había una mesa para dos.

Athena arqueó las cejas.

–¿Cómo es posible, si nos acabamos de conocer?

Él sonrió, le gustaba que fuese desconfiada. «Si tú supieras», pensó.

–Me esperaban a mí para cenar –comentó, encogiéndose de hombros–. Solo he tenido que llamar desde la cafetería para decirles que pusiesen otro cubierto más.

Ella se acercó a la mesa y estudió las copas de cristal, la cubertería y los pequeños jarrones adornados con tomillo y romero, que inundaban la brisa caliente con su olor.

–Ahora entenderás que no quisiera disfrutar de esto yo solo.

Athena asintió.

–Es precioso. Gracias.

–En ese caso, siéntate, por favor, y come algo, y después disfrutaremos de la puesta de sol.

En ese momento aparecieron los camareros con pan caliente y salsas, *sanagaki* de queso cubierto de hierbas aromáticas, carne a la brasa y una botella del mejor Vinsanto.

–Maravilloso –comentó Athena en cierto momento, echándose hacia atrás en la silla, con la copa de vino en la mano.

Él levantó la suya también para brindar.

–Me alegro.

–Cuéntame, ¿qué haces aquí solo en Santorini? –le preguntó Athena.

–Estoy aquí, principalmente, por trabajo.

Ella arqueó una ceja.

–Y no tengo mujer o novia a la que hubiese podido traer –añadió él.

–¿Y eso, por qué? –volvió a preguntarle ella–. Es evidente que tienes los medios y, como seguro que sabrás, no eres del todo feo.

–¿Que no soy del todo feo? Vaya, me alegro, pero, respondiendo a tu pregunta, me temo que se debe a que soy un adicto al trabajo.

–Pero te has sentado a charlar conmigo.

Alexios se encogió de hombros.

–Últimamente me he dado cuenta de que estoy muy solo. Y me reafirmo en ello después de haberte conocido a ti.

–Vaya, me estás dando demasiada responsabilidad. Espero no decepcionarte.

Él sonrió.

–Te estás burlando de mí.

–Lo siento. No estoy acostumbrada a coquetear.

–Yo tampoco –le contestó él con una sonrisa–. Aunque me está resultando un pasatiempo muy agradable. Espero que no te moleste que te pregunte yo también qué haces tú aquí sola.

–Como te he dicho, esta es mi isla griega favorita. Me gusta venir aquí a pensar.

–¿Tienes mucho en lo que pensar?

–¿Y quién no? –comentó ella, encogiéndose de hombros, sin decir nada más–. ¿A qué te dedicas exactamente?

Él sonrió al verla cambiar de tema, pero no insistió. Sabía que antes o después volvería al tema sola, sin presión.

–Principalmente al trasporte –le explicó–. De mercancías y contenedores. A cuadrar horarios y hacer papeleos. Muy aburrido.

–Seguro que no. ¿Es un negocio familiar?

–No, no tengo familia.

–¿A nadie?

Él negó con la cabeza y sintió amargura, pensó en lo distinto que habría sido todo si no hubiese sido por culpa del padre de aquella mujer. Intentó controlarse, no quería enfadarse, solo necesitaba recordar el motivo por el que estaba allí.

–Ya no tengo a nadie, no.

–Ah, en ese caso, ya tenemos otra cosa en común. Mi madre murió cuando yo tenía dieciséis años y mi padre… hace un mes.

Él puso gesto de compasión.

–¿Y has venido a Santorini a pensar en eso?

–Tal vez –respondió ella con los ojos húmedos, apartando la vista hacia el sol, que teñía de dorado el agua del mar–. Mira, ya se está poniendo.

Alexios la siguió hasta la barandilla de la terraza, desde donde se veían las casas blancas que adornaban el borde de la caldera volcánica, en esos momentos teñidas de rojo.

–Qué bonito –comentó Athena.

Pero Alexios la estaba mirando a ella, que pronto sería suya. Sería la venganza perfecta y lo único que sentía era que Stavros no estuviese allí para verlo, porque iba a ser una venganza mucho más satisfactoria de lo que había planeado.

–Mira –le dijo, apoyando las puntas de los dedos en la curva de su espalda y señalando hacia el mar, donde flotaba un barco de vela envuelto en una estela dorada.

–Ah –dijo ella, y Alexios supo que era porque la había tocado, porque había notado cómo temblaba bajo sus dedos.

Sí, iba a divertirse mucho jugando con la hija de su enemigo. Jugaría con ella, la utilizaría y después la dejaría destrozada, como había hecho Stavros con su padre.

Athena tuvo la sensación de que aquella puesta de sol era solo ellos. No había nadie más cerca, ni rastro de ningún otro ser humano salvo aquel barco velero a lo lejos, en el mar, mientras los colores se intensificaban a su alrededor, y todo se teñía de un tono rojizo y dorado.

Entonces Alexios apartó la mano de su espalda y, a pesar de las maravillosas vistas, lo que Athena echó de menos fue aquello. Echó de menos su calor y la sensación que le había provocado al tocarla. El sol siguió bajando y ella contuvo la respiración, pero ni siquiera tanta belleza consiguió que se olvidara de que Alexios seguía allí, a su lado. Nunca se había sentido tan atraída por un hombre. Lo tenía tan cerca que podía aspirar el olor cítrico de su jabón. Tan cerca que podía notar el calor de su cuerpo en el brazo desnudo.

Tan cerca.

Y, no obstante, él no hizo nada para acercarse más.

El mar fue acogiendo al sol poco a poco, y según iban pasando los segundos, Athena iba deseando cada vez más que Alexios volviese a tocarla.

Aunque lo que deseaba en realidad, más que el hecho de que la rozase con el brazo, era que la besase. En aquel momento perfecto, con aquella puesta de sol tan romántica de fondo.

¿Por qué no intentaba tocarla?

¿Por qué no la besaba?

No podía haber más tensión en el ambiente, Athena se inclinó ligeramente hacia él, pero Alexios no se acercó. No se movió de donde estaba.

Cuando el mar se tragó el sol por completo, Athena ya no podía más.

Se aferró a la barandilla con ambas manos y suspiró, decepcionada.

–Increíble –comentó él a sus espaldas.

Y ella se sintió tonta. Había pensado mal de él, había intentado protegerse, y él solo había querido compartir la cena y la puesta de sol con alguien.

Athena enterró su libido donde había estado hasta entonces. No tenía derecho a sentirse decepcionada. En realidad, ella tampoco había querido que ocurriese nada.

–Ha sido espectacular –le dijo, girándose hacia él–. Gracias por haberlo compartido conmigo, y por la deliciosa cena. Ahora, debería marcharme.

–¿No te apetece tomar un café?

Ella negó con la cabeza. Se sentía como una tonta.

Fue hacia la mesa, donde había dejado el bolso, e intentó decir algo gracioso.

–Tengo que confesarte algo.

–¿Sí?

–Que por un momento pensé… cuando saliste corriendo detrás del ladrón… Bueno, siento tener que admitir que pensé que trabajabais juntos y que jamás volvería a veros ni a mi bolso ni a ti.

Él sacudió la cabeza y sus ojos oscuros brillaron divertidos.

–¿De verdad pensaste que era capaz de comportarme de un modo tan despreciable?

Athena bajó la mirada.

–Lo siento. Estaba… mal. Si no, no habría pensado eso de ti.

–También pensaste que era un gigoló.

–Ni me lo recuerdes. Siento eso también.

Alexios apoyó un brazo en la pared, a su lado, con un movimiento lento, pero seguro.

–Pensabas que iba a intentar seducirte.

–En realidad, no sabía qué pensar. Yo estaba sola y tú te estabas comportando de manera encantadora. ¿Qué iba a pensar? Pero me has demostrado que estaba equivocada y he pasado una tarde maravillosa, gracias.

Alargó la mano para despedirse.

Él bajó la vista a la mano.

–¿Estás decepcionada?

–¿Qué?

–¿Porque no he intentado seducirte?

Athena negó con la cabeza.

–No… yo no…

Lo miró a los ojos y vio inseguridad en ellos, algo que jamás habría creído que vería en los ojos de aquel hombre, que hasta entonces le había parecido muy seguro de sí mismo. Una inseguridad que deseó aliviar.

–Porque tienes que saber que quería besarte –añadió él.

A Athena se le secó la boca.

–¿Sí?

–Cuando se estaba poniendo el sol delante de nosotros y daba la sensación de que formábamos parte de ello, que no éramos meros espectadores, y tu expresión era de admiración. En ese momento, he deseado alargar la mano y tocarte.

–¿Y por qué no lo has hecho? –le preguntó ella, intentando no mostrar demasiado interés.

–Porque he tenido miedo de que salieras corriendo. De confirmar lo que pensabas de mí. Así que me he contenido. Pero tengo que decirte que apartar la mano de tu espalda ha sido una de las cosas más duras que he hecho jamás.

La miró a los ojos.

–¿Te habrías marchado?

Ella sintió que, de repente, le pesaba demasiado el bolso, que perdía la fuerza en las piernas y que no podía respirar.

–Dime.

Athena supo que aquello era peligroso, podía sentirlo en el ambiente, y a ella no le gustaba nada correr riesgos.

No le gustaba en circunstancias normales, pero aquella no era una tarde normal.

–No –respondió en su susurro que, más que un susurro, fue una confesión.

Alexios acortó distancias, tocó con una mano su mejilla y, con la otra, trazó la línea de sus labios.

–Eres más bonita que la puesta de sol que acabamos de presenciar. Te he deseado nada más verte.

Su aliento caliente, con olor al coñac que habían compartido, le acarició la piel y sus palabras le llegaron al alma. Athena apoyó la mejilla en su mano, separó los labios.

–Si me pidieras que te besase, no podría negarme –le dijo él.

A Athena le dio un vuelco el corazón. Supo que, si se besaban, no se conformarían con un beso, pero Alexios le estaba preguntando qué quería.

–Bésame –le pidió.

Y él dejó escapar un sonido gutural, un sonido de triunfo mezclado con deseo, y entonces la tomó entre sus brazos y la besó. Sus labios calientes, sorprendentemente suaves y firmes al mismo tiempo, emprendieron una sensual danza con los de ella. Una danza lenta, tierna, y después más profunda.

A Athena se le doblaron las rodillas. Se aferró a su camisa y tocó el cuerpo fuerte que había debajo. Trazó su torso musculado con los dedos y oyó un gemido, era suyo.

Mientras ella dibujaba sus músculos con los dedos, él bajó aquellas manos de dedos largos por sus hombros, hacia los pechos erguidos y más allá, entre sus muslos.

Y Athena se apretó contra él y supo que aquello que estaban haciendo era una irresponsabilidad, porque no iban a poder parar.

Ella no quería parar.

Lo quería todo.

Capítulo 4

¡AQUELLO era mucho más que un beso! El olor de Alexios, su sabor y la sensación de tenerlo tan cerca formaban un peligroso cóctel y Athena quería más. Separó los labios y él aceptó la invitación y profundizó el beso mientras le acariciaba un pecho.

Athena gimió y Alexios rugió al escuchar su respuesta, sus caricias se volvieron más osadas. La agarró del trasero y se lo apretó con fuerza.

–*Theos* –dijo, apartando los labios de ella un instante–. Quédate y haz el amor conmigo, Athena.

Ella le respondió con la boca y el cuerpo, apretándose contra él.

Había estado demasiado tiempo entumecida. Demasiado tiempo. Desde que se había enterado de la muerte de su padre, desde que había sabido que ya no tenía ni padre ni madre, aunque su relación hubiese sido complicada en ocasiones.

Desde entonces, había estado como aletargada. Anestesiada.

Pero Alexios había despertado algo en su interior y en esos momentos se desplegaba y brotaba como una flor que hubiese estado cubierta por la nieve del invierno.

La sensación era estupenda y, en esos momentos, lo único que quería hacer era sentir.

Notó que Alexios la levantaba del suelo y la tomaba en brazos sin dejar de besarla. Se giró y abrió una puerta, entró y volvió a cerrarla tras de él. Athena tuvo la sensación de que estaban en un lugar espacioso, de techos altos, cortinas vaporosas y ventanales con vistas a la caldera volcánica, y entonces notó que caía sobre algo blando, una cama envuelta en sábanas de seda rojas y doradas, de los mismos colores que la puesta de sol.

Entonces él se apartó y, con una rodilla apoyada en la cama, la miró.

—Eres preciosa —le dijo.

Y ella se sintió esperanzada. Tal vez la vida hubiese girado una esquina, dejando atrás la tristeza de las últimas semanas.

Alexios se desabrochó la camisa, se la quitó y la tiró al suelo. Ella estudió sus hombros anchos, su pecho, abdomen y brazos esculpidos. Lo vio desabrocharse el cinturón, bajarse la cremallera y tirar los pantalones al suelo también.

Todo ello sin dejar de mirarla a los ojos tan intensamente que Athena no podía respirar, solo pudo pensar un momento que aquello estaba ocurriendo demasiado deprisa.

Y como si él hubiese sentido aquella punzada de indecisión, se inclinó y volvió a besarla para tranquilizarla mientras le bajaba la cremallera del vestido.

Athena sintió todavía más deseo, no pudo pensar en nada más. Alexios le bajó los tirantes mientras la besaba, le hizo levantar las caderas para quitarle el vestido y la dejó solo con la ropa interior de encaje. Ella se sintió más vulnerable que en toda su vida.

Entonces él dejó de besarla y se echó hacia atrás, dejándola sin aliento, y la miró.

–Preciosa –le dijo.

Y Athena volvió a respirar antes de que Alexios volviese a acariciarle las piernas, las caderas, la cintura y los hombros, y se apretó contra ella.

Piel con piel. Las piernas entrelazadas, los vientres pegados. Unidos de la cabeza a los pies.

Alexios le acarició un pecho y ella gimió, arqueó la espalda y se aferró a la de él.

Y entonces sus pechos se quedaron desnudos y Athena deseó gritar aliviada, pero Alexios inclinó la cabeza y tomó un pezón con la boca y el grito que emitió ella fue de éxtasis.

Ya no podía más de placer cuando Alexios pasó al otro pecho y bajó la mano que tenía libre para meterla por el borde de las braguitas y acariciarla allí, donde Athena más necesitaba que la acariciase.

Bastó un suave roce de su mano para que llegase al clímax. Su cuerpo se sacudió de placer, se olvidó del mundo entero, hasta que sintió que Alexios era lo único que la ataba a la Tierra.

Él la besó en la boca, en los ojos, en los pechos.

–Lo siento –susurró ella, sintiéndose, de repente, avergonzada e incómoda, consciente de que su inexperiencia se había hecho evidente.

–Shh –la tranquilizó él–. No pasa nada.

–Pero…

–No hemos hecho más que empezar.

Athena lo observó mientras se quitaba la ropa interior y se dio cuenta de que su erección era todavía más grande de lo que había pensado. A pesar de que acababa de recuperarse del orgasmo, volvió a desearlo.

Él buscó en el cajón de la mesita que había junto a la cama y, sin dejar de mirarla a los ojos, se puso un preservativo.

–Mira cuánto te deseo, *mikro peristeri*.

A ella le sorprendió que utilizase aquel apelativo cariñoso.

–¿Por qué me llamas tu pequeña paloma?

–Porque desde que te he conocido –le respondió él, colocándose entre sus piernas–, tengo la sensación de que estás a punto de echar a volar.

Athena tragó saliva. Era difícil mantener una conversación mientras la acariciaba entre las piernas.

–Ahora no me voy a marchar.

–No –dijo él sonriendo–. Eres un regalo de los dioses. Y yo he tenido la suerte de cruzarme en tu camino.

Ella se preguntó por qué seguía Alexios complaciéndola con sus manos y sus palabras, estaba segura de que no volvería a tener otro orgasmo, así que era una pérdida de tiempo.

Y, no obstante, él parecía no tener prisa. Se tomó su tiempo mordisqueándole los pechos, metiéndoselos en la boca. Entonces Athena notó que le metía un dedo entre las piernas y sus músculos se contrajeron ante aquella íntima invasión. Él gimió y la acarició. Y el placer fue aumentando de nuevo.

Athena pensó que era imposible.

Pero su cuerpo no la escuchó.

Alexios parecía saber cómo complacerla, cómo hacer que se quedase sin aliento, que desease más.

Entonces apartó los dedos y presionó allí con otra parte de su cuerpo.

—Eres preciosa —le dijo, enterrando los dedos en su pelo.

Después la besó, como confirmándole con aquel beso que de verdad pensaba que lo era. Y Athena se relajó y elevó las caderas para recibirlo. Él debió de sentir que había llegado el momento y la penetró.

Athena gritó, no de dolor, sino porque se sentía deliciosamente llena, porque sus terminaciones nerviosas cobraban vida de nuevo. Y eso que Alexios todavía no había empezado a moverse en su interior.

Empezó a hacerlo despacio y después fue acelerando poco a poco, hasta que ambos respiraron con dificultad. Entonces, cuando Athena pensó que ya no podía aguantar más, Alexios dio un último empujón y gimió de satisfacción, y ella sintió que se rompía por dentro otra vez.

En esa ocasión le costó más recuperarse, tenía la respiración acelerada y la mente completamente en blanco, pero se dio cuenta de que, hasta ese momento, no había sabido nada sobre el sexo.

Alexios se quedó junto a la ventana, observando el cráter dormido, el rayo de luz plateada que diseccionaba el cielo y se adentraba en su habitación. Las luces de la isla brillaban sobre el agua, lo mismo que las del yate que había anclado en la bahía, todo lo demás era oscuridad.

Se giró hacia la cama y miró a la mujer que había tumbada en ella, profundamente dormida. Había caído en su cama con tanta facilidad como en su trampa, tal y como él había previsto, pero había resultado ser mucho más de lo que había esperado.

Volvió a desear que Stavros Nikolides estuviese vivo para presenciar aquel momento, para que pudiese ver a su preciosa hija desnuda y satisfecha, en la cama de su enemigo, del hijo del hombre al que tan profundamente había engañado.

Verla allí lo habría vuelto a matar.

Entonces se dijo que, si Stavros hubiese estado vivo, él habría llevado a cabo su plan original y Athena jamás habría estado en su cama. Aquella venganza era mucho más dulce.

Cerró un puño al pensar en todas las injusticias que se habían cometido, y golpeó la pared con él.

–¿Alexios? –lo llamó ella con voz ronca, adormilada, sorprendentemente sexy–. ¿Qué estás haciendo? ¿No puedes dormir?

–Estaba pensando –le respondió él.

–¿En qué?

–En mañana, en lo que deberíamos hacer mañana.

–Pero… ¿Tú no tienes que trabajar?

–Puede esperar –le dijo él, haciendo una pausa y arqueando una ceja–. Salvo que no quieras volver a verme. ¿Vas a salir volando, *mikro peristeri*?

Ella le hizo esperar, se mordió el labio inferior, como si lo estuviera pensando.

–No si tú no quieres.

Y Alexios sonrió y se acercó a abrazarla.

–Perfecto.

Las velas se llenaron con la brisa caliente, el barco surcó las profundas aguas de la caldera volcánica hasta alejarse de los cruceros llenos de turistas y Athena se tumbó en la cubierta al lado de Alexios, bajo el sol, para secarse después del baño.

Desde allí se veían las empinadas paredes de la isla, aparentemente infranqueables, y un escarpado camino que parecía desafiar todas las leyes de la naturaleza. Era muy distinto ver el anillo de islas desde allí.

–¿Qué miras? –le preguntó él, girándose para seguir su mirada.

Ella señaló con la cabeza hacia los acantilados, pensó en la erupción del volcán que había fragmentado la isla anterior.

–Lo siento, pero es que este lugar nunca deja de maravillarme. Me cuesta creer que estemos en el interior de un volcán.

Sobre todo, estando rodeados de un mar tan brillante. En esos momentos, era imposible imaginarse una erupción, pero había ocurrido.

–Debió de ser horrible cuando entró en erupción –comentó él.

–La mayoría de los habitantes se habían marchado –dijo ella, sentándose–. Había habido terremotos fuertes durante muchos años. Así que casi todo el mundo había ido abandonando sus casas para marcharse a Anatolia y a Creta. Los más afortunados fueron los primeros en marcharse, los que se fueron más lejos.

–¿Por qué?

–Porque no fue una simple erupción. El estallido del volcán causó un maremoto que afectó a la costa norte de Creta, donde destruyó muchos barcos. No solo se destruyó Santorini, o Thera, sino mucho más. Una nube de ceniza rodeó la tierra, bloqueando el sol y estropeando los cultivos. Ni siquiera Creta resultó ser un buen lugar en el que refugiarse. Fue el fin de la civilización minoica.

Él se sentó a su lado, con el ceño fruncido.

–Lo siento –se disculpó Athena–. En la vida real soy arqueóloga y la civilización minoica es mi pasión. La estudié en la universidad y es un tema que me encanta.

Alexios tomó su mano y se la llevó a los labios.

–No te tienes que disculpar. A mí nunca se me ha dado bien la historia. Nunca fui un buen estudiante. Cuéntame más.

Ella sonrió.

–No sé si sabes que hay quien cuenta que la leyenda de la Atlántida empezó aquí, hace más de tres mil años. Una civilización rica y culta que desapareció bajo el mar y se perdió para siempre.

–¿Y tú lo crees?

–Sí. Concuerda con lo que cuentan las fuentes egipcias y Platón. Los egipcios comerciaron con los minoicos hasta que estos desaparecieron repentinamente y eso solo pudo ocurrir debido a un trágico acontecimiento. Además –añadió sonriendo–, tiene mucho más sentido que la teoría de que existió una isla mítica que desapareció en el Atlántico sin dejar rastro, ¿no? A mí me parece mucho más factible que existiese una isla preciosa, en la que vivía una civilización avanzada, la minoica, en este lugar.

Alexios la estaba observando con detenimiento.

–¿Sabes que te animas mucho cuando hablas del tema? Todo tu rostro se ilumina y hasta te brillan las motas doradas que tienes en los ojos.

Ella bajó la vista, avergonzada.

–Ya te he advertido que era un tema que me apasionaba.

Él le levantó la barbilla para que lo mirase.

–Pero que eso no te avergüence. De hecho, tu pasión es contagiosa. Ahora tengo la sensación de saber cómo era ese volcán antes de entrar en erupción.

Entonces le dio un beso.

Y ella sintió algo en el pecho, algo insignificante y, al mismo tiempo, muy importante.

Los labios de Alexios la acariciaron, sus alientos calientes se entremezclaron, y entonces él se apartó muy despacio.

–¿Contenta? –le preguntó, sonriéndole.

Y Athena parpadeó y lo miró. No por su pregunta, sino por la respuesta que sentía en su interior. Porque estaba contenta, contenta de verdad por primera vez en… toda su vida. Porque se sentía viva de verdad.

–Sí.

–Pareces sorprendida.

Ella se encogió de hombros.

–Tal vez un poco –admitió suspirando.

Se dijo que era la isla, que Santorini siempre había sido su refugio. Por eso le encantaba aquel lugar.

Él tomó su mano y Athena sintió la conexión que había entre ambos cada vez que se tocaban.

–Me gusta tu bikini –le dijo él, estudiando su cuerpo con la mirada–. Y me va a encantar quitártelo.

A ella se le endurecieron los pechos mientras Alexios jugaba con el cordón que sujetaba las braguitas. Se había comprado aquel bikini blanco de manera impulsiva, cuando él había sugerido salir a navegar y ella le había respondido que no tenía bañador. Alexios la había llevado a una tienda y ella había buscado en el perchero de trajes de baño de una pieza, pero él le había ofrecido los bikinis, que Athena no se ponía desde la adolescencia, y algo en su mirada le había hecho acceder a probárselos.

Y con el primero, aquel, el blanco, había visto deseo en su mirada y había temblado por dentro. No la había mirado como el hijo mimado de un magnate de la prensa o del transporte, excitado y torpe, sino como un hombre miraba a una mujer, con deseo.

Como la estaba mirando en esos momentos.

–Deberíamos ir abajo –sugirió él.

Y Athena pensó que no era solo la isla lo que la hacía sentirse así, sino también aquel hombre. La hacía sentirse especial.

Y tal vez mereciese ser feliz.

Después de la tristeza de las últimas semanas, de la noticia de la muerte de su padre, de los remordimientos por no haber tenido una buena relación con él, aquel hombre le hacía sentir que las cosas podían cambiar, que su vida iba cada vez mejor.

Dejó que Alexios la ayudase a ponerse en pie y bajó con él al interior del yate, hasta el espacioso camarote. Y allí Alexios terminó lo que había empezado, le quitó el bikini y lo tiró al suelo. Luego la miró antes de continuar y tragó saliva.

Y ella, que todavía tenía fresco el recuerdo de la noche de pasión que habían compartido, se acercó a él y tomó su erección con la mano a través del bañador.

–¡*Theos!* –exclamó él entre dientes–. Mira cómo me pones, Athena.

Y entonces la agarró por la cintura, la tumbó en la cama y se quitó el bañador antes de colocarse a su lado.

–¿Cómo? –preguntó ella, sintiéndose bien con aquel nuevo poder, aturdida por el deseo.

Él gimió y se colocó entre sus piernas.

–Haces que desee hacer esto…

A Athena no le dio tiempo a reaccionar. Notó que Alexios entraba en su cuerpo.

Y ya no pudo pensar más. La sensación de placer inundó todo su cuerpo. El barco se balanceaba y las aguas azules de la caldera volcánica golpeaban las ventanas, acompañando los movimientos y sonidos de su encuentro.

En lo último en lo que pensó Athena antes de llegar al clímax a la vez que él fue en que podría llegar a acostumbrarse a aquello.

Lo oyó jurar de repente.

—¿Qué ocurre?

Alexios se apartó con brusquedad.

—Lo siento, no he utilizado preservativo. ¿Piensas que puede haber algún problema?

Athena parpadeó. En realidad, hacía años que no se acostaba con nadie.

—No.

Él suspiró aliviado y se relajó en la cama, la abrazó.

—¿Has visto lo que me haces? —le dijo, dándole un beso en el hombro—. Menos mal que uno de los dos ha pensado en la protección.

«Ah, ese tipo de problema», pensó ella, pero se dijo que, de todos modos, seguro que tampoco pasaría nada, nunca había tenido un ciclo muy regular y no era el mejor momento…

Y ya no podía retroceder, no quería admitir la verdad y parecer ingenua y poco sofisticada. Tenía veintisiete años, era normal que Alexios diese por hecho que tomaba anticonceptivos. Así que tomó su mano y se la llevó a los labios.

—Menos mal —repitió, rezando porque, realmente, aquello no tuviese consecuencias.

Alexios la apretó contra su cuerpo y le dio un beso en el lugar en el que el hombro se unía con el cuello y el placer hizo que Athena se olvidase de todo lo demás.

Era casi demasiado sencillo. Alexios la miró. Estaba tumbada en la cubierta, con la cabeza apoyada en los brazos doblados, completamente relajada, agotada. El sol se estaba empezando a poner y pronto volverían a tierra firme, al palacio de Thera al que la había vuelto a invitar a cenar.

En esa ocasión había aceptado sin dudar. La tendría a su merced en poco tiempo y entonces le daría a Anton la señal para que preparase los documentos con los que la fortuna de su padre pasaría a él.

Mucho más sencillo que lidiar con su padre. Y mucho más satisfactorio.

Le pareció tan inocente, allí tumbada. Tan dulce y ajena a todo lo que él tenía planeado.

Alexios suspiró mientras admiraba el modo en que el bikini realzaba sus curvas; recordó la expresión de su rostro al llegar al clímax, con los ojos azules muy abiertos, los labios separados. Y cómo había echado la cabeza hacia atrás…

Casi le daba pena que aquello tuviese que terminar.

El ruido de una lancha a motor lo sacó de sus pensamientos. Era la lancha que había pedido para volver a la costa. Athena cambió de posición al oírla.

—¿Es para nosotros? —preguntó.

Él se arrodilló.

–Me temo que es hora de marcharse, *mikro peristeri*.

Ella sonrió, puso un brazo alrededor de su cuello y le dio un beso.

–Ha sido un día estupendo, Alexios. Gracias.

–Me alegro –respondió él sonriendo.

¿Cómo no iba a sonreír? El que había dicho aquello de que la venganza era un plato que se servía frío se había equivocado.

Era mejor servirlo caliente, y con alguien tan dispuesto a participar en ella como Athena.

Notó el calor de su cuerpo, el sabor a sal de sus labios, y se excitó.

No podía haber una venganza mejor.

Capítulo 5

ATHENA estaba tumbada en la enorme cama de Alexios y no podía dormir. Imaginó que lo normal, después de haber pasado todo el día nadando y haciendo el amor, sería estar dormida profundamente.

Miró a su lado, hacia la silueta oscura del hombre que dormía a su lado, con el brazo sin fuerza alrededor de su cuello, los dedos apoyados en su hombro.

Enterró la cabeza en su hombro y suspiró. ¿Era posible que solo se hubiesen conocido el día anterior?

Le resultaba increíble sentirse tan cómoda con alguien en tan poco tiempo, sobre todo, porque solía ser una persona cauta. Pero con aquel hombre había sido diferente, había logrado romper todas sus barreras. Athena no recordaba la última vez que había pasado dos noches seguidas en la cama de un hombre. Y en esos momentos no se imaginaba durmiendo sola, sin aquellos fuertes brazos a su alrededor, ni despertándose sola. Pensó que iba a echarlo de menos.

Notó un cosquilleo en el pecho otra vez, tan fuerte que se le cortó la respiración.

¿Qué le estaba ocurriendo? Durante años había sobrevivido, incluso prosperado, sin un hombre en su vida. Y, sin duda, volvería a hacerlo.

Y a pesar de lo que aquel le había dicho, que no había ninguna otra mujer en su vida porque solo se dedicaba a trabajar, era difícil pensar que fuese un santo. Era demasiado guapo, demasiado encantador. Y, en la cama, demasiado hombre para pasar las noches solo.

Eso hizo que Athena se preguntase si para él aquello sería una aventura más. Si, a pesar de sus protestas, Alexios se dedicaba a conquistar a mujeres al azar y a acostarse con ellas.

La idea le produjo decepción. Aunque no tuviese derecho a sentirse decepcionada. Alexios no tenía nada con ella. Ni ella con él. Y, no obstante, no quería que aquello, fuese lo que fuese, se terminase todavía. Aunque fuese solo una breve aventura.

Porque ¿qué otra cosa podía ser? Ella pronto tendría que volver a su vida y a su trabajo en el Departamento de Antigüedades, pero, por el momento, pensó mientras notaba que se le cerraban los párpados, disfrutaría de que la tratasen como si fuera especial. Y querida.

Así era como Alexios la hacía sentir.

Se acurrucó contra él y disfrutó de su olor, salado y masculino. Su cuerpo se relajó y ella suspiró. Disfrutaría de aquellos días y noches mientras durasen.

Suaves y cariñosas, dulces y largas, así eran las caricias de Alexios sobre su piel cuando Athena despertó.

Cambió de postura y se acurrucó contra él, contra su cuerpo caliente.

–¿Te he despertado?

–Ummm… sí –le respondió

–Lo siento –le dijo él en un susurro antes de darle un beso en la curva del hombro para después bajar con la boca hasta su pecho.

–No importa –respondió Athena, poniéndose tensa al notar que Alexios seguía bajando más.

Separó las piernas y él enterró la cabeza entre sus muslos, la acarició con la lengua y ella recordó lo que había pensado justo antes de quedarse dormida. ¿Qué importaba que aquello no fuese a durar? Había cosas mucho peores en la vida que tener una aventura con un hombre que le hacía sentirse el centro de su universo, aunque solo fuese a durar unos días.

El timbre del teléfono la despertó. Athena parpadeó, confundida. Estaba sola. La sábana estaba fría a su lado, y entonces recordó que Alexios le había dado un beso y le había prometido que se verían después, que tenía que marcharse a una reunión.

Bostezó y tomó el teléfono, y sonrió al ver quién la llamaba.

–¿Cómo estás, profesor?

–¿Y tú? –le preguntó su viejo amigo y maestro–. He ido a tu casa, pero no había nadie.

–Estoy en Santorini –le respondió ella–. ¿Qué ocurre?

–Nada –le dijo él–. Un barco. Unos buzos han encontrado restos de un barco minoico lleno de lingotes en la costa de Chipre y, al parecer, a pesar de los siglos, esos lingotes tienen un brillo rojo y dorado…

Athena no necesitó oír más.

«Oricalco».

El mítico metal de la Atlántida, que se había considerado un mito hasta que, unos años antes, se había encontrado en un barco hundido en la costa de Sicilia. Athena percibió la emoción del profesor, esa misma sensación era la que sentía ella.

—¿Cuántas personas lo saben?

—No muchas. Un par de pescadores.

—Hay que proteger la zona –dijo ella, recordando las dificultades de las autoridades para evitar que robasen los restos del barco encontrado en aguas sicilianas.

Ya había salido de la cama y estaba buscando su ropa.

—¿Cuánto tiempo tardaremos en organizar una expedición?

El profesor se quedó pensativo al otro lado de la línea.

—Tal vez no sea tan sencillo como nos gustaría. He sondeado al ministro con respecto a la financiación, pero es difícil… Están haciendo recortes y hacer una excepción con este proyecto…

—¡Pero tienen que financiarlo! Son restos de la Edad de Bronce en Grecia. Si lo que dices es cierto, el hallazgo podría ser mucho más importante que el de Sicilia.

—Lo sé, podría ser el más importante jamás hallado en aguas griegas. No sé en qué están pensando –comento Loukas con desánimo.

Fue entonces cuando Athena se dio cuenta de que ya no era una arqueóloga pobre.

Se acercó a su bolso, sacó la tarjeta que le habían dado los abogados y pensó que iba a aceptar su ofrecimiento de ayuda.

—Olvídate del ministerio, podemos hacerlo solos. Haz unas llamadas, Loukas, a ver si consigues un par de barcos y juntas un equipo. Volveré en el siguiente avión que vaya a Atenas.

—Pero ¿cómo? Encontraré algunos voluntarios, pero los barcos los tendremos que pagar.

—Yo lo financiaré.

—¿Tú?

Athena sonrió. Iba a aprovecharse de su nueva situación.

—Sé que te va a sorprender, Loukas, porque todavía no lo he asimilado ni yo, pero desde hace un par de días, al parecer, soy multimillonaria.

Cuando Alexios llegó a su despacho, Anton, que lo estaba esperando, lo recibió con una ceja arqueada al ver que llegaba tarde.

—*Yassou*, Anton —lo saludó el último mientras se sentaba delante de su escritorio, pensando que el motivo de su tardanza no era asunto de su empleado.

—Todo está preparado —anunció Anton—. En cuanto me digas, me ocuparé de los documentos necesarios para que las acciones que tiene la chica en el imperio de Nikolides sean tuyas. Ese será el final del imperio. Primero, la cartera de propiedades, después, la naviera y, para terminar, la isla de Argos.

–Bien –dijo Alexios, que solo lo estaba escuchando a medias mientras leía algunos correos electrónicos que le habían llegado esa mañana.

–¿Cuándo quieres que empiece? –le preguntó el otro hombre.

–Ya te avisaré. Gracias, Anton.

Pero a su empleado no pareció complacerle la respuesta.

–Pensé que querías hacer esto. Pensé que querías vengarte, después de lo que Stavros le hizo a tu padre.

–¿Acaso he dicho lo contrario? –le preguntó Alexios–. No hace falta que me recuerdes algo en lo que llevo diez años trabajando. Yo decidiré cuándo es el momento adecuado. Y te aseguro que serás el primero en saberlo.

Anton se puso en pie, tenía los labios apretados, sus movimientos eran rígidos. Parecía estar luchando consigo mismo.

–¿Ocurre algo, Anton?

–No, nada, nada –espetó él–. Es solo que no entiendo por qué quieres esperar.

–¿Qué es lo que te preocupa? ¿Existe algún riesgo porque esperemos uno o dos días más?

–No.

–Entonces, lo haremos cuando llegue mi momento, no el tuyo. Athena no me va a firmar los documentos salvo que tenga un buen motivo. Y estoy intentando averiguar cuál puede ser ese motivo.

El otro hombre suspiró e intentó esbozar una sonrisa.

–Por supuesto. Es que he trabajado mucho en esto, para llegar hasta aquí…

Alexios se puso en pie.

–Todos hemos trabajado mucho en esto, yo, el que más. Por eso pretendo disfrutarlo. Athena ya está donde quiero tenerla, cuanto más confíe en mí, más daño le haré. ¿No te parece?

Anton asintió.

–Por supuesto. Avísame cuando estés preparado.

–Excelente –le respondió Alexios, levantándose y dándole una palmadita en la espalda–. Gracias, Anton.

En esa ocasión, Anton asintió y después se marchó.

Alexios suspiró. Si hubiesen dado un premio al más rastrero en la Kostas Foundation School, Anton lo habría ganado seguro, pero todavía tenía mucho que aprender. Una cosa era estar dispuesto a ejecutar los planes de su jefe y, otra muy distinta, adoptarlos como propios.

Alexios estaba decidido a vengarse, sí, pero no estaba desesperado por hacerlo cuanto antes. Cuanto más confiase en él la hija de Stavros, más dulce sería la venganza.

Y más la destruiría.

Mientras tanto, iba a seguir disfrutando de ella.

El ama de llaves le indicó a regañadientes la dirección del despacho de Alexios después de que Athena le hubiese dicho que necesitaba verlo. Aunque para él aquello fuese solo una aventura, quería explicarle el motivo por el que tenía que marcharse de allí tan precipitadamente. Sonrió mientras bajaba las escaleras al recordar cómo la llamaba cariñosamente. No era su paloma ni estaba echando a volar.

Pero necesitaba volver al trabajo. Aquel lugar y aquel hombre la habían hechizado, pero necesitaba marcharse de Santorini para poder poner en perspectiva lo ocurrido durante los últimos días. De vuelta a su vida real, ya fuese en su despacho o en el mar, en una expedición que prometía aportar mucha información acerca de la antigüedad, todo aquello le parecería solo un sueño.

Y Alexios ya se había divertido suficiente. Prefería marcharse antes de que se cansase de ella y le pidiese que se marchase. Al menos, así se despediría con el ego intacto.

Torció la última esquina y vio a alguien saliendo de una puerta que debía de ser el despacho de Alexios. Cegada por la luz del sol, pensó por un instante que se trataba de Alexios, pero entonces vio que se trataba de otro hombre, que casi la empujó al pasar por su lado.

–*Signomi* –se disculpó ella, a pesar de pensar que debía haber sido él quien se disculpase.

El hombre no respondió.

Athena llegó a la puerta y llamó.

–¿Qué ocurre ahora? –preguntó Alexios.

–Lo siento, necesitaba verte.

Él levantó la vista desde el escritorio, se puso en pie inmediatamente y se acercó a ella.

–Ah, eres tú –le dijo, llevando una mano a su mejilla para después enterrarla en su pelo–. Pensé que se trataba de otra persona.

Ella miró hacia la puerta.

–¿Te refieres al hombre que acaba de marcharse? No parecía muy contento.

Alexios se puso tenso un instante, la miró con preocupación.

–¿Has hablado con él?

–No, pero no ha sido muy educado. En cualquier caso, no he venido por eso.

–Por supuesto –le respondió él, relajándose un poco.

Tomó su mano y la llevó hasta la ventana que tenía vistas a la caldera volcánica, donde la brisa jugaba con las cortinas y jugó también con su pelo.

–Bueno, ¿dime qué es eso tan importante que querías decirme?

Ella sintió el calor de su cuerpo, su olor, y pensó que iba a echarlo mucho de menos.

–Me marcho, Alexios. Necesito volver a Atenas cuanto antes.

–No –le dijo él, volviendo a fruncir el ceño–. Eso no es posible.

Athena se echó a reír. De repente, el tono de Alexios era duro, enigmático.

–Lo siento, pero no tengo elección, tengo que marcharme.

–¿Por qué? Me dijiste que te habías tomado unos días libres. ¿Por qué tienes que marcharte ahora?

Ella se apartó, sorprendida, al ver que Alexios estaba realmente enfadado.

–Porque sí. Tengo mi trabajo y tú, el tuyo. Además, los dos sabemos que esto iba a terminarse antes o después.

–¡Pero eso no significa que tenga que terminarse ya!

–¿Por qué estás tan enfadado?

Él suspiró y sus hombros se relajaron por fin.

–Lo siento –le dijo–. Mi reunión podía haber ido mejor y, después, tu noticia me ha sorprendido, pero, dime, ¿qué es tan urgente como para que te tengas que marchar? ¿Te ayudaría en algo saber que no quiero que te vayas?

Ella sonrió. Por supuesto que la ayudaba, más que nada, a su ego.

–Me encantaría quedarme más tiempo, pero no tengo elección. Han descubierto los restos de un naufragio de hace más de tres mil años. En el barco hay oricalco, no sé si sabes lo especial que es. Solo se ha encontrado en otro barco, en aguas italianas, y no era tan antiguo. Así que es un descubrimiento muy importante. Hay que formar un equipo y organizar la expedición.

–¿Y no puede hacerlo nadie más?

–Lo siento, Alexios –le dijo ella, tomando su mandíbula con la mano–. Esta es mi especialidad, además de ser el sueño de cualquier arqueólogo. No me lo puedo perder.

–¿Y cuánto tiempo te va a llevar?

–No lo sé. Todo depende de cómo vaya la organización. El verano es la mejor época para los submarinistas, y ya…

Se encogió de hombros y miró por la ventana, hacía un maravilloso día de septiembre.

—En ese caso, te llevaré yo.

Athena pensó en su pequeño apartamento, que le era muy práctico porque estaba cerca de la universidad, pero en un barrio en el que Alexios jamás pondría los pies.

—No es necesario.

—No quiero perderte, Athena —le dijo él, tomando sus manos y apretándoselas cariñosamente—. Después de todo lo que he tardado en encontrarte.

Ella sintió un fuerte cosquilleo en el estómago. No estaba preparada para aquello. Había esperado que Alexios se despidiese de ella fingiendo tristeza por su marcha, pero sintiéndose aliviado en realidad por no tener que ser él quién diese la mala noticia. No había imaginado que le diría que no quería que su aventura se terminase.

—En ese caso, como estaré en Atenas cuando no esté en la expedición, supongo que podríamos volver a vernos, si es lo que quieres.

—Sabes que sí —le dijo él—. No te alejes tan fácilmente de mí, *mikro peristeri*.

Athena se deshizo bajo su beso, sintió que se le aceleraba el corazón al pensar que aquello no era una despedida, no era el final, sino que, tal vez, después del dolor de los últimos meses, su vida estuviese tomando un nuevo rumbo. Por el día exploraría el barco minoico y las noches las compartiría con aquel hombre. No podía pedir más.

—Ve a hacer las maletas y yo organizaré el viaje en helicóptero.

—Ya he reservado un vuelo…

—Los aviones son para las personas normales y corrientes, Athena, y tú no lo eres. Eres una mujer muy especial. Volarás conmigo.

Y por el modo en que la abrazó y la besó, ella quiso creerlo.

Alexios miró por la ventana, hacia el mar, pero sin ver lo que ocurría allí, mientras Athena hacía la maleta.

No había planeado que se marchase tan pronto, al menos, hasta que no la hubiese destruido.

Pero aquel imprevisto era difícil de prever, pero la venganza no podía esperar. No iba a dejarla marchar, estando tan cerca. Había cambiado de plan antes, volvería a hacerlo. El resultado seguiría siendo el mismo.

Se dijo que tal vez fuese mejor que, cuando todo ocurriese, Athena estuviese lejos de allí. Él se limitaría a alejarse y la dejaría sola lamiéndose las heridas. Era el precio que tenía que pagar por los pecados cometidos por su padre.

Alexios sacudió la cabeza. El padre de Athena no debía haberla dejado tan expuesta. Casi le daba pena.

Casi.

Un coche los llevó hasta el aeropuerto y, de allí, el helicóptero los condujo hasta Atenas, donde otro coche esperaba para llevar a Athena a casa.

–Te voy a dar mi dirección –le dijo ella cuando estaban en el coche.

Él no se molestó en escuchar.

No le hacía falta.

Tenía un informe completo acerca de Athena.

Ya sabía dónde vivía.

Athena seguía entusiasmada cuando el coche se detuvo delante de su edificio, la noticia del barco naufragado la había animado y la insistencia de Alexios en acompañarla a Atenas, en su helicóptero, todavía más.

–Te acompañaré a la puerta –le dijo él, ayudándola a salir.

Y ella disfrutó del calor de su mano, del roce de sus dedos en la cadera. De la tensión que reinaba en el ambiente cuando estaban juntos.

Se preguntó si aquello sería lo que sentía uno cuando estaba enamorado, si era posible que ella se estuviese enamorando de Alexios.

Él puso un brazo alrededor de sus hombros y Athena no se hizo más preguntas, se limitó a maravillarse con lo bien que encajaban sus cuerpos juntos. Enterró el rostro en su hombro y se embriagó del olor a sándalo y especias de su aftershave mezclado con su olor corporal.

–Hueles muy bien –le dijo mientras llegaban a la puerta principal.

–Y tú –le respondió él–, sabes muy bien.

Entonces la apoyó contra la puerta y la besó apasionadamente. Athena sintió que se derretía y pensó que aquello tenía que ser amor.

–Deberíamos entrar –dijo entonces Alexios, rompiendo el beso.

Ella lo abrazó por el cuello y se apretó contra su cuerpo. No quería que aquel día terminase nunca.

–Me gusta como piensas.

Ambos estaban tan excitados que, mientras caían juntos en la cama, Athena no se preocupó por el barrio en el que estaba su apartamento, ni porque fuese pequeño y modesto en comparación con el palacio que habían dejado atrás en Santorini. No le importó que los muebles fuesen de segunda mano ni que Alexios pudiese valorarla menos al ver dónde vivía. Lo único que le importaba era que estaba allí, con ella, impregnando su almohada con su olor, entrelazando las piernas con las suyas.

El amanecer empezó a iluminar la habitación a través de las cortinas. Y Athena se dio cuenta de lo pobre que parecía su casa a la luz del día.

Pronto tendría que levantarse para ir a trabajar, quería llegar temprano para empezar a organizar la expedición, pero, de repente, le pareció más importante ser sincera con Alexios. Al fin y al cabo, confiaba en él. La noche anterior incluso había pensado que lo amaba.

Él empezó a moverse a su lado, estiró un brazo y la buscó. La atrajo hacia su cuerpo y le dijo:

–*Kalimera*, Athena.

Después le dio un beso y apretó la erección matutina contra ella. A Athena se le volvió a acelerar el corazón y sospechó de nuevo que aquello era diferente a lo que había tenido con otros novios. Era más especial. Más profundo.

–Tengo que irme a trabajar –protestó, retorciéndose, luchando contra sus propios deseos tanto como contra los de él.

–Espera un poco –murmuró Alexios, mordisqueándole la piel, pasando las manos por su cuerpo.

–No. Hablo en serio, Alexios. Tengo que contarte algo. Es importante.

Él se quedó inmóvil.

–¿Sí? ¿El qué?

Athena sonrió, se preguntó si Alexios pensaría que iba a decirle que lo amaba. Eso solía asustar a todos los hombres, sobre todo, cuando pensaban que solo estaban teniendo una aventura. No obstante, aunque Athena sospechase que podía ser la verdad, era demasiado pronto para decírselo. Antes tenía que estar segura, segura de sí misma, y también de él.

Respiró hondo y sonrió al verlo fruncir el ceño.

–No es algo malo, te lo prometo. Es solo que… bueno, que sé que debes de tener mucho dinero, porque tienes un helicóptero y conductores a tu disposición.

–Tengo éxito en los negocios, sí –admitió él.

–Y supongo que piensas que yo soy una pobre arqueóloga, y lo soy, o lo era, pero he heredado hace poco tiempo. Al parecer, mi padre, que falleció hace unos meses, me ha dejado algo de dinero.

Alexios la soltó y se apoyó sobre un codo. Ella pensó que estaba muy guapo por las mañanas, despeinado, sin afeitar.

–¿Algo de dinero? –repitió él.

–Bueno, mucho en realidad. Mi padre era Stavros Nikolides. ¿Has oído hablar de él?

Alexios parpadeó, se apretó el puente de la nariz con dos dedos e intentó controlar las náuseas que sentía cada vez que oía aquel hombre. ¿Cómo iba a decirle a Athena que su padre era el motivo por el que él estaba allí?

–No debe de haber muchos griegos que no hayan oído hablar de él.

Athena asintió.

–Me lo ha dejado todo. Sus negocios, su fortuna. Todo.

Él la miró fijamente.

–¿Y a ti qué te parece?

Athena se encogió de hombros.

–Extraño. Todavía me cuesta creerlo. Me enteré el día que te conocí en Santorini. ¿Recuerdas que me dijiste que parecía que tenía todo el peso del mundo sobre los hombros?

Alexios se acordaba. Recordaba su expresión de niña perdida y cómo se había sentido él al darse cuenta de que estaba a punto de cumplir su sueño.

–Lo recuerdo –respondió, pensando que ya faltaba menos.

–Me sentía abrumada por la noticia. Y triste también, porque no sabía lo que iba a hacer mi padre y no pude despedirme de él.

Alexios se incorporó en la cama, no quería oír aquello.

–¿Así que ya no eres una pobre arqueóloga?

–Ya no –respondió ella sonriendo–. Espero que no te importe que no te lo haya contado antes.

–Pensé que confiabas en mí.

–Y confío en ti. Me has demostrado que puedo hacerlo desde el primer día. Es solo que me ha costado asimilar la noticia. Y entenderás que no pudiese contártelo antes. Tenía que ser cauta.

–Lo comprendo. Gracias por confiar en mí lo suficiente como para contármelo –le dijo, acercándola a él para darle un beso–. Tal vez sea el momento de que yo también te confiese algo.

Athena se apartó.

–¿El qué?

–Que no era un mero invitado en el palacio de Santorini.

–¿Es tuyo?

–Sí, es mío.

–Vaya –comentó ella, arqueando una ceja–. Si hubiese sabido que se me estaba acercando un gigoló tan rico, tal vez habría accedido a cenar contigo desde el principio.

Se lo dijo en tono de broma, mientras trazaba lentamente el contorno de sus pezones con los dedos.

Alexios le agarró la mano, el peligro había pasado. Había hecho bien al cambiar la dirección de la conversación, pero era consciente de que Athena era capaz de despertar a la serpiente que había anidada en su estómago y de apaciguarla también. Porque a Alexios no se le había olvidado su sueño. Ya la tenía comiendo de su mano. Se estaba abriendo a él y le estaba contando sus secretos, tal y como él había querido.

–Pensé que, si sabías que era mío, te asustarías.

Ella se echó a reír.

–Supongo que tienes razón. Aquel día estaba muy tensa –admitió–. Entonces… ¿cómo de rico eres?

–Multimillonario –le dijo él, encogiéndose de hombros–. La cifra exacta no me parece importante.

–¿Y qué es lo que te parece importante?

«Cumplir la promesa que le hice a mi padre en el lecho de muerte».

–Lo que hago con ella, asegurar el futuro de mi familia y de mis empleados.

«Y financiar mi venganza…».

–Pero si no tienes familia.

–La tendré, algún día.

«Cuando la serpiente de mi vientre esté satisfecha y pueda pasar página».

–Cuando encuentre a la mujer adecuada.

Al fin y al cabo, sus padres habían estado felizmente casados durante casi cuarenta años. Así que era posible. Aunque él había estado demasiado centrado en cumplir la promesa que le había hecho a su padre hasta entonces y solo había tenido relaciones meramente físicas. Se dio cuenta de que Athena se había ruborizado y supo que se estaba preguntando si ella podría ser esa mujer.

«Imposible».

–En cualquier caso, ¿cambia algo el hecho de que ambos tengamos dinero?

Ella negó con la cabeza.

–No, nada. En realidad, me resulta gracioso. Quiero decir, ¿qué posibilidades hay de encontrarse con otro multimillonario en una cafetería?

Él esbozó una sonrisa y le metió un mechón de pelo detrás de la oreja, le dio un beso en la punta de la nariz. Aquello no había sido una casualidad.

–Al parecer, la diosa de la sabiduría y el defensor de la humanidad tienen algo más en común.

–Eso es bueno, ¿no?

–¿Qué quieres decir?

–Que todo el mundo me había advertido que tuviese cuidado con posibles cazafortunas, pero dado que tú ya tienes tu propia fortuna, no vas a intentar hacerte con la mía.

Alexios levantó la barbilla y sonrió.

–¿Por qué iba a querer hacer eso? –comentó mientras la serpiente se retorcía.

Capítulo 6

ATHENA se sentó junto a Loukas en el despacho de este, repasando el plan de la expedición. Las motas de polvo bailaban sobre el pequeño rayo de sol que entraba por las ventanas del oscuro despacho, iluminando las estanterías que cubrían las paredes. En aquella habitación en la que todo era tan viejo como Loukas, el ordenador portátil de Athena era la única referencia a los tiempos modernos.

Repasaron todo lo necesario para llevar a cabo la expedición: buceadores, botes, equipos de sonar y de seguridad. Y, si hubiese podido pagar para garantizar que el mar estaría en calma, Athena habría pagado también.

Loukas levantó la vista cuando terminaron, satisfecho.

—Es maravilloso que utilices así tu dinero, Athena.

—A decir verdad, cuando los abogados me dijeron la cantidad sentí vergüenza. Y, además, ¿qué otra cosa podría hacer con ello? Es demasiado para una persona y me alegra poder usarlo de manera útil.

Loukas asintió.

–¿Y no sabías que tu padre te había hecho beneficiaria?

–La última vez que había tenido noticias suyas había sido a través de una carta de sus abogados en la que ponía que me había desheredado. No tengo ni idea de cuándo cambió de opinión ni por qué. Tal vez porque no tenía a nadie más a quien dejárselo todo –le respondió Athena, encogiéndose de hombros.

–Tal vez –dijo Loukas–, pero también es posible que estuviese orgulloso de ti, de cómo habías sobresalido en los estudios y en el trabajo.

Ella se preguntó si era posible que su padre hubiese estado orgulloso de sus logros. Se habían visto pocas veces, normalmente en uno de los restaurantes favoritos de Stavros. Este le había preguntado por sus estudios y su trabajo, pero Athena siempre había tenido la impresión de que lo había hecho solo por tener algo de qué hablar con una hija a la que casi no conocía.

–Nunca me lo dijo.

–¿Era un hombre que demostrase fácilmente sus emociones?

Ella se echó a reír.

–No, aunque sí que demostraba su desaprobación cuando estaba enfadado, sobre todo, durante mis años rebeldes. En realidad, no me sorprendió que me desheredada. Aunque sí que me afectó.

–¿Porque tuviste que buscarte la vida?

–En cierto modo, pero, sobre todo, porque perdí a mis amigos. Ya no era una chica popular y todos se fueron alejando poco a poco de mí.

Su teléfono sonó y Athena respondió. Era Alexios, que ya estaba haciendo planes para la cena de aquella noche. Cada día iban a un restaurante distinto, con vistas al mar o al puerto y, después, hacían el amor. Sonrió solo de pensar que era un hombre insaciable.

Loukas la estaba observando cuando volvió a dejar el teléfono, la miraba con curiosidad.

–¿Ocurre algo, Athena?

–¿Qué quieres decir?

–Te veo diferente. Más contenta.

–¿Cómo no voy a estar contente, si estamos a punto de embarcarnos en la expedición de mi vida?

–Sí, es cierto, pero ¿seguro que no hay anda más? Estás prestando más atención al teléfono de lo habitual. ¿No habrás encontrado a un nuevo amigo?

Athena estuvo a punto de negarlo. Era demasiado pronto y no sabía lo que iba a ocurrir con Alexios, pero Loukas era su maestro, su mejor amigo, así que sonrió.

–He conocido a alguien en Santorini.

A Loukas se le iluminó la mirada.

–¿Por eso te brillan los ojos y tienes las mejillas sonrojadas? Ya me lo imaginaba.

–No solo por eso, pero… es maravilloso, Loukas. Es alto y guapo, y se llama Alexios.

–¿Alexios? Entonces es griego, ¿verdad? Me alegro, así no querrá llevarte lejos de aquí. No queremos perderte.

–¡No digas eso! –exclamó ella–. Si nos acabamos de conocer. Es demasiado pronto para hacer planes a largo plazo.

–A juzgar por tu mirada, lo dudo. Yo diría que ya estás enamorada. En ocasiones, ocurre así. Me alegro por ti. Has estado sola demasiado tiempo.

–No lo sé –admitió ella, intentando poner las cosas en perspectiva–, no sé si va a funcionar o no, pero me trata muy bien y me hace sentir especial. Me hace sentir… bien conmigo misma.

Loukas se echó a reír.

Y ella rio también.

–Es verdad que parece que estoy enamorada, pero tienes que conocerlo. Seguro que te gusta.

Su amigo asintió y apoyó una mano en su hombro.

–Me alegro de que hayas encontrado a alguien especial. Con un trabajo como el nuestro, es fácil enterrarse en el pasado. Tienes que acordarte de vivir el presente, si no, cuando quieras darte cuenta habrás perdido la juventud y se te habrá pasado la vida.

La añoranza de su tono hizo que aquellas palabras pesasen todavía más. Loukas no solía hablar de su vida privada y Athena sabía poco de él, salvo que no tenía familia cercana.

–¿Es eso lo que te ocurrió a ti? ¿Por eso no te has casado nunca?

–Fui un tonto –respondió él a regañadientes–. Pensé que sería joven siempre, que tenía todo el tiempo del mundo y que Maria me esperaría.

Levantó ambas manos en señal de rendición.

–Pero no me esperó. Fue mucho más sensata que yo y no esperó a un hombre que se pasaba el día metido bajo tierra. Me han dicho que tiene seis hijos, ya mayores, y nietos, y estoy seguro de que ha sido la mejor madre con todos ellos.

Levantó un dedo y señaló a Athena.

–Escúchame bien, si tienes la oportunidad de amar, aprovéchala. La vida es demasiado corta como para desperdiciarla estando sola.

Ella apretó los labios y asintió, conmovida por la tristeza de su historia y por las cicatrices que todavía tenía su amigo, cicatrices causadas por su dedicación a la arqueología.

–Y ahora –continuó Loukas–, ya he malgastado suficiente tiempo recordando. ¿Cuántos buceadores has dicho que vamos a necesitar?

Ella apoyó una mano en su hombro y se lo apretó cariñosamente.

Tardaron una semana en reunir todo el equipo necesario, un tiempo récord para semejante expedición. Y Athena estuvo pendiente de las predicciones meteorológicas en todo momento. Si el tiempo se mantenía estable, si las coordinadas que tenían eran las correctas, si el hallazgo era tan importante como les habían dicho y si no habían saqueado el barco ya…

Había muchos condicionantes, mucho en juego, pero sería la culminación de la larga carrera de Loukas y un gran paso en la suya.

Se dijo que ese era el motivo por el que tenía el estómago revuelto cuando empezó la expedición. Por eso, y por el movimiento del mar bajo los pequeños barcos.

Los buceadores se pusieron las máscaras y se tiraron al agua.

–Ya está –dijo Loukas, apoyando una mano en el hombro de Athena, tan nervioso como estaba ella.

Athena le sonrió, no quería expresar sus miedos en voz alta. ¿Estarían en el lugar correcto? ¿Les daría tiempo a encontrar algo antes de que cambiase el tiempo? ¿Habrían saqueado ya el barco? Respiró hondo. Era normal que estuviera revuelta.

Pero de algo estaba segura, si encontraban algo, se aseguraría de que el nombre de Loukas se relacionase con el hallazgo. Costase lo que costase.

Entraron juntos en la cabina del barco y clavaron la vista en la pantalla, que mostraba las imágenes que iban grabando los buzos en su descenso. El agua se iba oscureciendo, aparecían rocas, bancos de peces.

Athena se mordió el labio e intentó ignorar el balanceo del barco, buscó con la mirada alguna señal de que estaban en el lugar adecuado. Tardó lo que le pareció una eternidad en hacerlo, aunque el reloj le decía que solo habían pasado cuarenta minutos.

–Ahí –dijo, señalando una esquina de la pantalla, hacia lo que parecía una roca redondeada cubierta de algas, pero que tenía algo que llamó su atención.

Su forma era demasiado perfecta.

–Loukas, eso podría ser un ánfora, ¿qué opinas?

Y la mirada de este se iluminó.

Athena respondió al teléfono aquella noche en tono eufórico, rodeada de voces y música.

–¡No te vas a creer lo que hemos encontrado! –le dijo–. Hemos sacado cuarenta y seis lingotes y tres pequeñas ánforas que estaban todavía selladas. Hay más cosas, cientos de objetos de cerámica y metal que todavía tenemos que examinar. Ha sido el mejor día de mi vida.

–Enhorabuena –le dijo Alexios.

–¡Cuarenta y seis lingotes! –repitió ella–. Nunca se habían encontrado tantos, ¿puedes creerlo?

Pero él solo podía pensar en que la deseaba. La había tenido todas las noches desde que estaban en Atenas, pero en esos momentos le daba igual, en esos momentos solo quería estar con ella. Quería tenerla entre sus brazos y poder compartir su pasión.

–Tengo que verte.

–No sé cuánto tiempo más voy a estar aquí…

–¿Dónde estás? Casi no puedo oírte.

–Celebrándolo con el equipo –respondió ella, dándole el nombre de un bar cercano al puerto.

Athena casi tenía que gritar porque había mucho ruido a su alrededor. Alexios oyó que alguien la llamaba y no le gustó.

Porque no le gustaba quedarse fuera, excluido de una parte de su vida que era tan importante para ella. Y a pesar de que su cabeza le decía que era su trabajo y sus compañeros, no lo podía evitar. Se dijo que era porque estaba muy cerca de su meta y estaba nervioso. Nada más.

–Cena conmigo. Pasaré a recogerte. Quiero brindar contigo.

–Me encantaría, pero te advierto que no voy vestida para la ocasión.

–Deja que sea yo quien se preocupe por eso.

Volvieron a llamarla con más insistencia.

–¿Qué ocurre?

–Están bailando y quieren que vaya. Tengo que dejarte.

Él le dijo la hora a la que pasaría a buscarla y después colgó.

Athena todavía seguía emocionada con los acontecimientos del día cuando el coche de Alexios se detuvo delante del bar y el corazón se le aceleró al verlo salir tan alto y guapo, vestido con una inmaculada camisa blanca y pantalones negros.

Se llevó una mano al corazón y otra al vientre, que le dolía. Se dijo que ya iba siendo hora de que tuviese el periodo, pero que prefería que se le retrasase unas horas más.

Sonrió al verlo avanzar hacia ella.

Aquella noche iba a ser genial.

Con aquellos pantalones de camuflaje, aquella cazadora y el pelo recogido en una coleta, parecía una universitaria en vez de una arqueóloga, pero, pareciese lo que pareciese, Alexios sabía que era toda una mujer.

Athena dijo su nombre y se lanzó a sus brazos, y él la hizo girar en el aire, se contagió de su alegría y de su risa. Y después la dejó en el suelo y le acarició el pelo antes de darle un beso en los labios.

Qué bien sabía.

Sabía a dulce y a luz, a noche y a pecado, y era una sensación muy extraña. Alexios se acordó de cuando volvía a casa el fin de semana, después de haber estado trabajando en la ciudad toda la semana, y justo divisaba el pueblo a lo lejos y sabía que sus padres estarían esperándolo, su padre, entretenido en el jardín y su madre cocinando sus platos favoritos. Había pasado tanto tiempo que casi se le había olvidado aquella sensación.

A Athena le brillaban los ojos cuando se apartó de ella, seguía feliz por el descubrimiento realizado con su equipo esa semana, pero, en parte, Alexios sabía que también estaba así por él. Se dijo que ese era el motivo por el que se sentía como si hubiese vuelto a casa, porque ya estaba más cerca de cumplir la promesa que le había hecho a su padre.

—No sabes lo especial que ha sido el día de hoy —le dijo ella—. Nunca había realizado un trabajo tan emocionante.

—Estoy deseando que me lo cuentes.

Era cierto, aunque fuese solo para ver cómo se movían sus labios mientras hablaban, y para imaginárselos besándolos. Alexios era consciente de que cada vez les quedaba menos tiempo juntos y quería disfrutarlo todo lo posible.

Entonces, Athena frunció el ceño.

—Pero ya te he advertido que no iba vestida para ir a cenar.

–Solo tienes que cambiarte.

–Pero no he traído…

Él le puso un dedo en la boca para hacerla callar.

–Tengo una sorpresa para ti. Ven.

Volvieron al coche y unos minutos después entraban en el garaje de casa de Alexios y subían hasta el ático en el ascensor.

Había una botella de champán esperándolos, y Alexios la descorchó y sirvió dos copas.

–Enhorabuena –le dijo, brindando con ella y dando un sorbo a su copa antes de darle un beso.

Athena estuvo a punto de derretirse con aquel beso.

–Esta debe de ser la mejor manera de beber champán –comentó ella cuando por fin se separaron.

–A mí se me ocurren otras –le respondió él, pensando que echaría de menos su pasión y su entusiasmo–, pero, antes, te he dicho que tenía una sorpresa.

Tomó su mano y la llevó a su dormitorio, donde había un vestido colgado de una percha.

–He pensado que te gustaría ponerte esto para cenar.

Athena dio un grito ahogado al ver el vestido gris plata con el escote ribeteado de perlas y las sandalias a juego.

Se giró a mirarlo.

–¿Y me lo has comprado porque te he dicho que no tenía nada que ponerme para la cena? Podía haber buscado algo en casa.

–Pero eso no habría sido divertido –le dijo él, tomando sus manos–. He comprado esto para ti porque te lo mereces. Porque eres una mujer preciosa y mereces cosas preciosas, y porque estoy orgulloso de estar contigo.

–¡Oh, Alexios! Eres el hombre más increíble que he conocido jamás. Gracias.

Le dio un beso y él sintió que se excitaba todavía más.

–Te dejaré sola para que te cambies –le dijo, con la voz ronca de deseo–, pero ya te advierto que no me hagas esperar mucho, o no llegaremos a la cena.

Athena se echó a reír.

–No te haré esperar.

Haciendo honor a su palabra, Athena salió por la puerta veinte minutos después.

–¿Qué te parece?

–Impresionante –respondió él, y era verdad.

El corpiño del vestido le sentaba como un guante y dejaba los hombros desnudos a su vista y a sus caricias, la falda plateada flotaba alrededor de sus piernas al moverse, como un hipnótico vaivén de plantas marinas bajo el mar.

–Yo sí que he encontrado un tesoro hoy. Pareces una sirena de la Atlántida.

Tocó la piel perfecta de sus hombros y la apretó contra su cuerpo mientras se embriagaba de su olor y de su calor.

Ella se echó a reír.

–En ese caso, tú serías un dios griego –le respondió–. El día que nos conocimos dijiste que hacíamos buena pareja, ¿recuerdas? Que el mundo sería un lugar más seguro entre nuestras manos.

Él dejó de acariciarla y se apartó. Porque lo recordaba demasiado bien. Recordaba sus planes, la emoción de la caza. Athena había mordido el anzuelo enseguida, había creído sus mentiras, y en esos momentos era suya y, de repente, Alexios estaba deseando que el juego terminase.

Consiguió sonreír y darle un beso en la mejilla a pesar de que se sentía incómodo. Se dijo que eran los nervios.

–Ven –le dijo–. Debes de estar muerta de hambre.

La llevó a un restaurante que había en el ático del edificio vecino al suyo, con vistas a la Acrópolis y a las magníficas ruinas del Partenón.

Athena estuvo muy animada durante toda la cena, hablando apasionadamente de su trabajo, de su amor por la historia. Y Alexios se dio cuenta de que no era el único hombre que se fijaba en ella aquella noche.

No sabían que pronto estaría disponible.

–¿Siempre te ha apasionado tanto ese periodo de la historia? –le preguntó.

–No, ni mucho menos. En la adolescencia, por ejemplo, era un completo desastre.

–¿Por qué?

Ella se encogió de hombros y su mirada se volvió triste un instante.

–Cuando estaba en el segundo año del instituto, mi madre se puso enferma. Cuando por fin encontraron un diagnóstico, ya era demasiado tarde, solo le quedaban unas semanas de vida.

Torció el gesto y se encogió de hombros.

–Supongo que después de eso perdí un poco el rumbo. Dejé de estudiar y mis pobres abuelos no podían conmigo. Hicieron lo que pudieron, dado que ellos también estaban rotos por la pérdida, así que accedieron a que dejase de estudiar a cambio de que viniese a Grecia a vivir con mi padre.

–Siento… la pérdida de tu madre.

–Gracias –le dijo ella–. El cáncer es un asco.

–¿Y cómo fue la vida con tu padre?

Ante aquella pregunta, Athena se echó a reír.

–Una pesadilla. Vivir con mi padre era como estar en la cárcel. Nos pasamos seis meses discutiendo, yo quería ser libre y él quería mantenerme aislada del mundo, hasta que cedió y me fui de viaje con unos amigos. Ellos habían terminado el instituto y se habían tomado un año sabático y yo tenía dinero suficiente para gastar. Cuando me quise dar cuenta, era la mejor amiga de todo el mundo, incluso de personas con las que jamás debí alternar, pero entonces nadie me advirtió.

Respiró hondo al recordar las comisarías a altas horas de la noche, los fríos bancos de metal.

–Me metí en líos, nada serio, pero supongo que… sí humillante para mi padre. Al final, mi padre decidió que no iba a seguir resolviéndome los problemas. A mí, por entonces, no me importó. Todavía estaba enfadada con el mundo por la pérdida de mi madre. Entonces, un día recibí una carta de sus abogados en la que decía que me había desheredado. Supongo que ya te he dado demasiada información. No es una época de mi vida de la que esté orgullosa.

Alexios pensó en la fotografía que había visto de ella el día de la muerte de Aristos, tomada probablemente con una lente telescópica, en la que aparecía en un yate, guapa, rica, disfrutando de la vida.

Aquella era la mujer a la que había esperado conocer, y era difícil reconciliarla con la mujer que era en esos momentos: apasionada y trabajadora. Aunque a él le daba igual, solo estaba recogiendo información, y esperando a que llegase el momento oportuno.

–¿Y qué ocurrió?

–Conocí a alguien.

–¿A un hombre?

Athena se echó a reír.

–Sí, pero no es lo que piensas –le dijo.

Y le contó que, estando de vacaciones en Creta, se había encontrado a un hombre escondido en un agujero en el suelo. Pero que no había sido el hombre lo que había llamado su atención, sino un mosaico que había en el suelo, un mosaico azul con la imagen de delfines surcando el mar.

Y ella se había detenido, hipnotizada por la imagen excavada en el suelo, que debía de haber llevado varios siglos allí, y entonces había visto al hombre que había metido en el agujero, limpiando los pequeños azulejos recién encontrados con una brocha.

–Venga –le habían dicho sus amigos, que estaban deseando llegar a la playa.

–Ahora voy –había respondido ella antes de preguntarle al hombre–. ¿Cuántos años tiene eso? ¿Cómo lo sabe?

Y él había tardado tanto tiempo en responder que Athena había pensado que no la había oído, hasta que, muy despacio, se había limpiado las manos en los pantalones y había levantado la vista hacia ella.

–¿De verdad quieres saberlo? –le había preguntado.

Y ella había asentido. Así que el hombre había permitido que se sentase con él mientras hacía un descanso y le había hablado de la civilización minoica que había dominado la Edad de Bronce en aquella zona del Mediterráneo.

Y, aquella calurosa tarde, su vida había cambiado de rumbo. Athena se había olvidado de la playa y de sus amigos y había encontrado un propósito en la vida gracias a aquel profesor.

–Cuando lo conocí, Loukas me pareció un anciano –le contó a Alexios–, y ya han pasado muchos años y sigue siendo uno de los hombres más vitales e interesantes que he conocido jamás.

Alexios sintió una punzada de celos y se dijo que era ridículo, teniendo en cuenta que Loukas era claramente un señor mayor. Ridículo, porque a él le daba igual. No le importaba que Athena admirase a otro hombre si a él lo tenía en un pedestal y lo elogiaba.

No le importaba lo más mínimo.

Tampoco cambiaba nada que le hubiese contado aquella triste historia de redención, su plan seguía siendo el mismo.

–Pero he encontrado la manera de compensarlo –continuó ella–. Se me ha ocurrido esta noche. Tanto en la universidad como en los museos nunca hay fondos y he pensado que el hallazgo de hoy tiene que exhibirse en un lugar especial. Así que voy a financiar una nueva ala en el museo y dedicársela a Loukas.

Alexios parpadeó y se sentó más recto en la silla. De repente, la conversación le interesaba más.

–Pero eso va a costar mucho dinero. Millones.

–No me importa. Los tengo.

–Lo sé, pero ¿y si yo también quisiera colaborar?

–¿Te interesaría?

–Sería un honor hacer una donación, pero sin que mi nombre apareciese en ninguna parte. Solo quiero ayudar.

Ella sintió y le sonrió maravillada.

–¿No te han dicho nunca que eres demasiado bueno para ser real?

–No.

Pero ella no tardaría en hacerlo.

Alexios le hizo un gesto al camarero y dejó varios billetes encima de la mesa.

–La cena estaba deliciosa, gracias –le dijo ella mientras se marchaban–. ¿Cómo has conocido este lugar?

–Porque trabajo al lado.

–¿Sí?

Athena miró hacia el edificio de al lado, de vidrio oscuro, que reflejaba las luces de la calle y el Partenón en lo alto de la colina. Había salido la luna y brillaba sobre este como una perla gigante.

–Enséñamelo.

Él no supo si se lo estaba pidiendo u ordenando, pero su gesto había sido de malicia y de deseo, así que no iba a decirle que no, sobre todo, porque su apartamento estaba a diez largos minutos de allí y no podía esperar tanto.

Charlaron de temas sin importancia mientras entraban en el edificio. Con las luces apagadas, el interior estaba lleno de sombras creadas por las farolas de la calle. Un haz de luz plateada iluminó a Athena, convirtiéndola en una diosa que se movía por la habitación con la gracia de un felino, como buscando algo, inundando el lugar con su olor, tentándolo.

–Impresionante –comentó esta–. ¿Cuántos empleados has dicho que tienes?

Alexios no recordaba que hubiesen hablado de aquello, pero en esos momentos solo podía pensar en otra cosa.

–Unos cincuenta –respondió–. O tal vez más.

Entonces, Athena se giró y estuvieron a punto de chocar. Ella apoyó una mano en su hombro y Alexios pensó que no iba a poder contenerse mucho más.

–¿Y dónde está tu despacho?

–Por aquí.

Cuando abrió la puerta, oyó el grito ahogado de Athena al ver el Partenón por la ventana. Entonces giró sobre sí misma, fijándose en todo.

Seguía tan eufórica como cuando la había recogido del bar, tan distinta a la mujer a la que había conocido en Santorini.

Alexios no había tenido que hacer ningún esfuerzo para desearla entonces, ya le había parecido preciosa, pero la había visto triste, confundida y vulnerable, y él había tenido motivo para seducirla. No obstante, en esos momentos no podía desearla más. Y tenía más motivos que nunca. Quería sentir su alma, quería estar dentro de ella y sentirla brillar a su alrededor.

Athena se puso seria y los ojos le brillaron con malicia mientras miraba hacia la terraza del restaurante en el que habían estado unos minutos antes.

–¿Pueden vernos?

Aquello lo excitó todavía más.

–¿Por qué me lo preguntas?

–Porque tu escritorio es enorme, Alexios –respondió ella, acercándose a él y metiendo los dedos por la cinturilla de su pantalón–, y me encantaría que me hicieras el amor encima de él.

Había cosas que no hacía falta que le pidieran dos veces, como besar a una mujer en el momento de la puesta de sol.

O hacerle el amor a Athena sobre el escritorio, con todos los dioses del Acrópolis de testigos.

Acarició sus hombros desnudos y después intentó desabrocharle el corpiño que lo había separado de sus pechos toda la noche.

–No tan deprisa –le advirtió ella, sujetándole las manos–. Todavía estoy de celebración, ¿recuerdas?

Se arrodilló delante de él y le agarró el cinturón.

–¿Crees en la suerte, Alexios?

–Lo cierto es que no –respondió él, sospechando que iba a tener suerte–. Pienso que cada uno se busca su suerte.

Ella negó con la cabeza y le bajó la cremallera.

–No estoy segura de estar de acuerdo contigo, no siempre. Porque yo no he hecho nada para tener tanta suerte. Estaba en una cafetería de Santorini y tuve la suerte de conocerte. Si eso no es suerte, no sabría cómo llamarlo.

Él frunció el ceño.

–En ese caso, tienes razón, debió de ser suerte.

–Mucha suerte. He estado pensándolo desde la primera noche que pasamos juntos. Y me gustaría devolver el favor.

Alexios gimió. Necesitaba hacerla suya sobre aquel escritorio, cuanto antes.

Ella tomó su sexo con la mano y él suspiró.

–Es precioso –comentó Athena en un susurro.

Entonces lo acarició con la lengua, poniendo a prueba su control, probándolo, torturándolo y haciéndolo feliz al mismo tiempo.

Luego se apartó un instante, dándole tiempo a respirar antes de tomarlo completamente con la boca.

Alexios enterró los dedos en su pelo. Lo estaba matando. Sus labios, su lengua y sus manos lo estaban llevando al límite. Y, en aquel momento, Alexios se preguntó quién estaba seduciendo a quién. Necesitaba hacerla suya encima del escritorio y ya no podía esperar más.

Hizo un esfuerzo sobrehumano y la agarró de los hombros para incorporarla, después la agarró por el trasero y la besó apasionadamente mientras la sentaba en el escritorio. Le desabrochó el corpiño, por fin, y se lo bajó para poder acariciarle los pechos. Después se colocó entre sus piernas y le levantó la falda de seda.

Sus piernas eran kilométricas.

Largas y suaves.

Alexios gimió de nuevo.

–No llevas ropa interior.

Ella lo miró con deseo.

–¿Te das cuenta de lo que has hecho conmigo? –le preguntó.

Le brillaban los ojos, arqueó la espalda mientras él la acariciaba con los dedos antes de penetrarla.

Athena se estremeció y contrajo los músculos alrededor de su erección, haciendo que le costase retroceder para volver a llenarla por completo una y otra vez, hasta lograr un ritmo frenético.

Mientras los dioses del Partenón los observaban, Athena llegó al clímax y él gritó triunfante y se liberó también.

Todavía estaba tumbado encima de ella, sobre el escritorio, intentando desesperadamente recuperar la respiración, cuando Athena le dio un beso en la mejilla y murmuró:

–Te quiero.

Alexios se puso tenso y tuvo que obligarse a relajarse para no levantar sospechas.

Pero supo que su plan había funcionado a la perfección. Tenía a la hija del hombre que había engañado a su padre justo donde quería tenerla.

Ya era hora.

Capítulo 7

ATHENA se despertó sola y en su propia cama y sintió miedo. ¿De verdad le había confesado su amor a Alexios?

Sí, lo había hecho.

Entonces recordó cómo la había tomado él entre sus brazos y la había besado, como si fuese su más preciada posesión, y supo que él también debía de sentir algo.

Así que no importaba que justo después Alexios se hubiese disculpado diciendo que tenía una reunión muy temprano por la mañana y la hubiese llevado a casa. Por supuesto, a ella no le había importado. ¿Cómo iba a importarle? Pero era la primera noche que dormía sola desde que lo había conocido y era consciente de lo mucho que le gustaba estar con él y de cuánto lo echaba de menos cuando no lo tenía cerca. Echaba de menos ver su atractivo rostro por la mañana, verlo despeinado, sin afeitar, con los ojos oscuros clavados en ella antes de…

Se estremeció de placer solo de pensarlo. Salió de la cama pensando que, de todos modos, lo vería a la hora de comer para firmar los documentos. Había sido idea de Alexios crear una fundación a través de la cual financiar la nueva ala del museo y tenía sentido que su equipo jurídico preparase los documentos. Era mucho más sencillo que explicárselo ella a sus abogados, teniendo en cuenta que iban a hacer aquello juntos.

Porque Alexios iba a contribuir. Era un hombre increíble. Cómo no iba a estar enamorada de él.

Mientras tanto, había tesoros pendientes de catalogar.

Al llegar al cuarto de baño sintió náuseas. Imaginó que era normal, teniendo en cuenta la celebración de la noche anterior. Pero tenía demasiadas cosas que hacer como para dejar que la resaca se lo impidiese, así que se preparó para ir al trabajo.

Iba a ser un buen día.

Alexios estaba frente a la ventana, con la mirada clavada en la Acrópolis y el montón de papeles encima de su mesa. Solo faltaban unas firmas y ya estaría hecho. Tenía sudor sobre el labio superior y el corazón acelerado por los nervios. Después de diez años planeando y trabajando para vengar a su padre, iba a conseguirlo.

Diez años.

—Jamás debiste traicionar a mi padre, Stavros Nikolides —dijo en un susurro—. No podías salirte con la tuya.

No se había salvado ni siquiera muerto.

Su hija iba a pagar por él.

Athena.

La echaría de menos.

No supo de dónde había salido aquello, pero le hizo reaccionar. Le dio la espalda a la ventana y volvió a mirar los documentos, cuya portada decía: *Fundación para el establecimiento del ala Loukas Spyrides*, pero cuyo resultado sería muy distinto al que Athena esperaba.

No echaría de menos el sexo, sino la expresión de su rostro cuando estaba a punto de llegar al orgasmo. La echaría de menos en su cama. Echaría de menos tener su cuerpo al alcance de la mano. Nada más.

Pensó en la noche anterior, en cómo Athena le había confesado en un susurro que lo amaba.

El amor no duraría mucho. Después de aquello, lo odiaría. Y no volvería a su cama.

Daños colaterales.

Le daba igual lo que pensase Athena de él, no iba a ponerse sentimental a esas alturas. Lo único que le importaba era que su plan saliese bien, llevaba diez años trabajando en él. Diez largos años. Aquel había sido su objetivo en la vida.

Estaba a punto de vengar a su padre, de cumplir la promesa que le había hecho en el lecho de muerte, así que no iba a dar marcha atrás.

Su teléfono sonó.

—¿Sí?

—Ya está aquí –le dijo Anton.

—Que entre.

—Hay que firmar tantos papeles –comentó Athena mientras Alexios pasaba de página.

Le había explicado el primer documento, cómo se establecería y funcionaría el fondo, y ella había asentido a todo. Después le había dicho que el resto eran solo formalidades.

—Ya sabes cómo son los abogados.

—Sí —respondió ella, volviendo a firmar—. No sabes la cantidad de documentos que tuve que firmar el día de que me enteré de mi herencia.

—Ya está —anunció Alexios después de otra firma más, recogiendo los documentos y metiéndolos en una carpeta.

—Qué alivio —dijo ella, dejando el bolígrafo—. ¿Me vas a dar una copia para que se la lleve a mis abogados?

—No es necesario. Ya he pedido que escaneen todo y se lo envíen desde aquí.

Athena sonrió.

—Gracias. Veo que has pensado en todo.

—Sí —le respondió él, devolviéndole la sonrisa—. Eso creo. ¿Tienes prisa por volver al trabajo?

Ella se miró el reloj y se puso en pie.

—Sí. Tengo mucho que hacer —admitió, frunciendo ligeramente el ceño—. Loukas quiere que lo cataloguemos todo cuanto antes. Lo que significa que tendré que trabajar varios días hasta tarde, incluida esta noche. ¿Te importa si no cenamos juntos?

Él puso un brazo alrededor de sus hombros mientras la acompañaba hasta la puerta, dividido entre la decepción y el alivio. No le habría importado pasar una última noche con ella, de despedida, pero tal vez fuese mejor romper en aquel momento. Al fin y al cabo, arrebatarle toda su fortuna y después acostarse con ella sería un golpe demasiado bajo. Le dio un beso en la frente y aspiró su olor por última vez.

—Supongo que tendré que acostumbrarme a compartirte con el éxito. Dejaré de distraerte y permitiré que te centres en tus hallazgos… y que duermas algo más.

Ella le sonrió.

—Dormir me vendría bien.

Alexios pensó que tenía una cara preciosa. Su gesto era tranquilo y confiado, no como el primer día.

—¿Cuándo piensas que tendremos noticias de los abogados? —preguntó ella.

—Pronto. Espero que mañana.

«Si no antes».

—¿Tan pronto? —preguntó ella sorprendida, poniéndose de puntillas para darle un beso en los labios—. Muchas gracias por hacer esto por mí. Eres el mejor.

Y se marchó.

Alexios se dejó caer en su sillón y clavó la vista en la ventana mientras esperaba sentirse embargado por la emoción. Era lo justo. Ya estaba hecho. Había cumplido la promesa que le había hecho a su padre.

Pero en vez de sentirse feliz se sentía… aturdido. La cesión de acciones que Athena había firmado se ejecutaría ese mismo día y al día siguiente el imperio Nikolides sería suyo.

Llamaron a la puerta y entró Anton.

—¿Tienes las firmas?

Sin girarse, Alexios tomó la carpeta, quitó las primeras páginas del documento y se la dio.

–Ha sido pan comido –comentó.

–¿No ha sospechado nada? –le preguntó su cómplice.

–Nada en absoluto –le dijo él, rompiendo el acuerdo sobre el Fondo Loukas Spyrides en mil pedazos y tirando estos por los aires–. Nada.

Loukas sonrió al ver volver a Athena de su comida con Alexios.

–Pareces contenta.

Ella dejó el bolso y le sonrió también.

–Ha sido una comida estupenda –le respondió, a pesar de que no había probado bocado.

Su amigo se echó a reír y ella lo miro.

–Y no voy a contarte más.

Porque todavía no iba a contarle nada. Quería darle una sorpresa y agradecerle así todo lo que había hecho por ella. No obstante, quería esperar a tenerlo todo bien atado. Entonces organizaría una velada en honor a su mentor y daría la noticia.

–Pero hoy voy a quedarme a trabajar hasta tarde –anunció.

Él le dio una palmadita en el hombro cuando pasó por delante.

–Siento mucho mantenerte alejada de tu amor.

–No será por mucho tiempo –respondió ella–. Además, esto también lo hago por amor.

–Acabo de preparar café –le dijo Loukas–. ¿Quieres uno?

Ella le dijo que sí, pero al olerlo sintió náuseas y tuvo que salir corriendo al cuarto de baño.

Poco después estaba lavándose la cara y mirándose al espejo, asustada.

Porque aquello ya no tenía nada que ver con la celebración del día anterior. No había tenido el periodo y eso podía significar que…

¡No podía ser! Alexios había utilizado siempre preservativo.

Athena cerró los ojos con fuerza.

Salvo en una ocasión.

En el barco, cuando después le había preguntado si podía haber algún problema y ella, confundida con la pregunta, le había contestado que no…

¿Cómo iba a contarle la verdad? A pesar de que lo amaba, llevaban poco tiempo juntos. Todavía no se conocían lo suficiente.

Aunque ella tenía que admitir que quería formar una familia algún día…

Respiró hondo y se lavó la cara por última vez.

Sabía que Alexios sentía algo por ella, aunque no hubiese contestado a su torpe declaración de amor de la noche anterior, aunque no le hubiese dicho que él también la amaba. Si no, no habría querido sumarse a la creación del fondo. Así que, si estaba embarazada, iría a verlo y se lo contaría. Confiaba en él. La comprendería.

Loukas se acercó a ella cuando volvió.

–Estás muy pálida. ¿Te ocurre algo? Deberías ir al médico.

–Lo haré –le contestó ella, sabiendo que no podía quedarse a trabajar y pensando que, de camino a casa, pasaría por una farmacia.

No esperó a la mañana, como sugería el prospecto. No podía esperar. Tenía que saberlo. Abrió la caja y siguió las instrucciones mientras rezaba por que le llegase el periodo de repente, como por arte de magia.

El prospecto mentía, las líneas no tardaron tanto tiempo en salir como decía allí. Dos líneas azules.

Estaba embarazada.

Embarazada de Alexios.

Se quedó con la mirada clavada en el aparato, sentada sobre la tapa del váter porque, de repente, le temblaban las piernas. Y ya no sintió náuseas, pero se sintió abrumada.

Estaba embarazada.

¿Qué significaría aquello para su trabajo, para su carrera, que no había hecho más que empezar? No había pensado tener hijos hasta, al menos, los treinta y, en cualquier caso, siempre lo había visto como algo muy lejano en el tiempo.

¿Y qué significaría para su relación con Alexios? Se llevó una mano al vientre y se preguntó qué iba a hacer.

No lo sabía. Solo sabía que no podía lidiar con aquello sola. Tenía que hablar con Alexios y contárselo.

Así que se puso en pie, decidida, y casi estaba

saliendo por la puerta cuando sonó el teléfono. Reconoció el número de su abogado. Al parecer, no habían perdido el tiempo. Supuso que solo querrían confirmar la recepción del documento.

Escuchó, pero la persona que hablaba al otro lado lo hacía en voz demasiado alta y no logró entender lo que decía, algo acerca de unas acciones.

–*Signome* –le dijo en griego–. Más despacio, por favor. No comprendo. ¿Se refiere a los documentos del Fondo Loukas Spyrides?

El hombre juró entre dientes y después le respondió que no tenía ni idea de lo que estaba diciendo, que él le estaba hablando de unos documentos que había firmado por los que otorgaba el cien por cien de las acciones del grupo Nikolides a Alexios Kyriakos.

Y entonces se le doblaron las rodillas.

Capítulo 8

RA UN error. Athena tomó un taxi para volver al trabajo de Alexios. Él no la esperaba, pero la recibiría, estaba segura. Aquello era demasiado importante también para él. Porque el abogado tenía que estar equivocado. Ella había firmado unos documentos para crear un fondo y construir un ala nueva en el museo en honor a Loukas, no había firmado nada relacionado con acciones. Ella misma había leído las primeras páginas, sabía lo que había firmado.

Aunque lo cierto era que había firmado muchos documentos.

¿Y si…?

Se mordió el labio inferior, barajando las distintas posibilidades.

No, no era posible. Alexios jamás le haría algo así, pero hablaría con él y llegaría al fondo del asunto.

El taxista se detuvo en un semáforo en rojo y Athena estuvo a punto de gritarle que se lo saltase. Había pensado ir a verlo para contarle que estaba embarazada, pero en esos momentos ya no sabía qué pensar, se sentía confundida.

Por fin llegaron. Pagó el taxi y salió de él sin esperar a que le diesen el cambio. Al llegar al mostrador dijo sin más:

—Quiero ver a Alexios.

La recepcionista la reconoció y sonrió.

—¿Tiene cita?

Ella negó con la cabeza.

—Pero Alexios me recibirá.

Tenía que hacerlo.

—Está abajo —le dijo Anton—. ¿Quieres verla?

Alexios se sorprendió de la eficacia de los abogados del grupo Nikolides. Sonrió al imaginárselos fuera de sí.

Y Athena también debía de estar furiosa. Sin duda, quería que él mismo se lo dijese, así que suspiró y se acercó a la ventana.

—Supongo que es inevitable. Que entre.

—¡Alexios!

Athena entró corriendo, pero se detuvo al ver la postura de Alexios, que estaba junto a la ventana, de brazos cruzados, dándole la espalda. Se giró lentamente sin cambiar de postura y preguntó:

—¿Querías verme?

No podía ver su cara, pero su tono no era el que debía ser, lo mismo que su lenguaje corporal. Athena se dio cuenta de inmediato de que allí ocurría algo.

Alexios no dijo nada más ni se acercó a ella, y Athena sintió que estaba, de repente, en un universo paralelo. Tragó saliva.

—Me han llamado mis abogados —empezó.

–Ya te dije que no tardarías en tener noticias suyas.

Su tono de voz era extraño.

–Me han dicho que no he firmado ningún documento para crear un fondo en honor a Loukas.

–Tú has firmado los documentos.

–Lo sé, pero… Eso es lo que no entiendo. Porque lo que me han dicho, y sé que te va a parecer una locura, es que he firmado la cesión del grupo Nikolides a tu favor –le explicó–. No es verdad, ¿no?

–Tal vez sea el momento de que se lo cuentes –dijo una voz a sus espaldas–. Cuéntale la verdad.

Ella se giró. No se había dado cuenta de que había otro hombre en la habitación.

–¿Qué quiere decir eso? –le preguntó ella a Alexios, volviendo a mirarlo–. Alexios, ¿qué está pasando? No lo entiendo.

Él se movió, pero no para acercarse a ella, sino a su escritorio, el escritorio en el que habían hecho el amor bajo la luz de la luna la noche anterior, y se sentó en su sillón.

Athena vio por fin su cara y le resultó irreconocible.

Se le aceleró el corazón, sintió miedo.

–¿Alexios? –susurró–. Dime que no es verdad.

–Deberías tener más cuidado con lo que firmas, Athena.

–¿Qué? Si hemos revisado los documentos juntos. Yo he firmado para crear un fondo, lo mismo que tú.

Oyó una risa disimulada a sus espaldas.

–¿Y qué más? ¿No te has dado cuenta de que te estabas despidiendo de tu fortuna?

Aquello fue como otra patada en el estómago. Dio un grito ahogado, pero no apartó la mirada de Alexios, al que vio torcer el gesto un instante. Deseó que este lo negase, que le dijese que tenía que ser un tremendo error, pero no lo negó.

Cuando por fin fue capaz de encontrar las palabras, fue Athena la que dijo:

—Entonces, es verdad.

Y él respondió:

—Déjanos solos, Anton.

—¿Y me voy a perder lo mejor después de haber trabajado tanto en ello?

—¡Fuera!

Ella se giró y vio salir a Anton.

Parpadeó y recordó su encuentro con Alexios en Santorini, a un hombre saliendo con su bolso debajo del brazo.

Miró a Alexios, furiosa de repente.

—Fue él quien me quitó el bolso, lo planeaste todo para que yo me sintiese en deuda contigo y aceptase tu invitación. Lo planeaste todo hasta el último detalle, ¿verdad? ¿También sabías que me acostaría contigo? ¿También formaba parte del plan la seducción?

—Una parte nada desagradable.

—Supongo que te sentías muy seguro de ti mismo. Todo ha salido como habías planeado, he ido cayendo poco a poco en la trampa gracias a tus mentiras.

Las lágrimas corrieron por sus mejillas, sintió que le picaban los ojos, pero no se molestó en limpiárselas. No iba a fingir y tampoco podía parar.

–Y, como tonta que soy, me enamoré de ti. Confié en ti.

Apretó los labios y se dijo que tenía que mantenerse fuerte para terminar lo que tenía que decir.

–E incluso pensé que te amaba… mientras que tú me habías mentido desde el principio. Eres un mentiroso. Me das asco.

Él se puso en pie y se giró de medio lado hacia la ventana.

–Si eso es todo, no hay motivo para prolóngar esta reunión. Deberías marcharte.

Ella se quedó donde estaba. Furiosa. Antes de marcharse de allí, quería una explicación.

–¿Por qué, Alexios? No lo entiendo. ¿Por qué has hecho algo así?

–Tal vez deberías preguntárselo a tu padre.

–Pero si mi padre… está muerto.

–Sí –respondió él, girándose a mirarla con frialdad–. ¿Ves? Ya estás empezando a entenderlo tú sola. Ahora, ¿has terminado?

Ella levantó la barbilla.

–Me marcho, sí, pero porque no soporto estar en la misma habitación que tú ni respirar el mismo aire.

Salió dando un portazo, sabiendo que tenía un aspecto horrible, pero sin importarle. No se limpió las lágrimas ni se sonó la nariz. Tenía cosas más importantes en mente.

Porque todo su mundo se estaba viniendo abajo y no comprendía cómo podía haberle ocurrido algo así. No entendía nada.

Salió del edificio y empezó a andar por las calles

de Atenas, y tuvo que apoyarse en un cubo de basura para vomitar.

Alexios se quedó mucho tiempo junto a la ventana, mirando la Acrópolis y a los turistas que desde allí parecían hormigas que entraban y salían de sus autobuses.

Pero no eran los turistas los que hacían que tuviese el estómago encogido, sino Athena.

Había esperado que se disgustase.

Había esperado que se enfadase, lo normal era que estuviese disgustada y enfadada porque había pasado de ser pobre a ser millonaria y de ser millonaria a volver a ser pobre antes de que la tinta del testamento de su padre se hubiese secado.

Había esperado que se sintiese dolida, confundida, pero no había podido cumplir la promesa que le había hecho a su padre sin hacerle daño. Lo que Athena no había entendido era que aquello no tenía nada que ver con ella.

Que eran solo daños colaterales.

No era nada personal.

Y no tenía sentido intentar explicárselo ni sentirse culpable, porque a él no le importaba que lo entendiese o no. No le importaba que se sintiese enfadada, confundida y dolida. Solo le importaba conseguir su objetivo.

Golpeó el cristal con la mano y cerró así la puerta a sus emociones. Maldijo a Athena, ¡no iba a sentirse culpable!

Tomó aire y se miró el reloj mientras se decía que tenía que olvidarse de ella porque tenía algo más importante que hacer. Si salía de allí en ese instante, llegaría antes del anochecer.

Athena consiguió llegar a casa. Se sentía fatal. Lo que más le dolía no era haber perdido la fortuna que le había dejado su padre, sino la traición del hombre al que había empezado a amar.

Del padre de su hijo.

Se dejó caer sobre la cama y se puso a llorar hasta que se quedó sin lágrimas. De todos modos, llorar no iba a cambiar nada. Se había sentido muy emocionada al pensar cómo iba a contarle a Alexios que estaba embarazada, pero él le había roto el corazón. Y todavía no entendía nada. Seguía sin comprender por qué le había hecho aquello.

Solo sabía que volvía a estar sola en el mundo. Sola, pero con un pequeño ser creciendo en su interior.

Agotada, se tumbó boca arriba y apoyó una mano en su vientre. Pensó en abortar para darle una lección a Alexios y destrozar aquello como él la había destrozado a ella.

Pero se dijo que, de todos modos, Alexios ni siquiera sabía que estaba embarazada.

Además, tampoco sabía si era capaz de hacer algo así. No podía ser tan fácil como parecía.

Se le encogió el corazón y volvió a llorar.

Pobre bebé. Pobre bebé indefenso. ¿Cómo podía pagar con él la traición de Alexios?

No podía hacerlo. Se tumbó de lado y enterró el rostro en la almohada.

Tendría aquel bebé y lo criaría con amor, lejos de un padre que no sabía lo que era aquello.

Y Alexios no lo sabría jamás.

No llegaría a saber que había sido padre.

El feroz viento de las montañas le levantó el abrigo mientras se agachaba a dejar un pequeño ramo de flores sobre la lápida, pero él no se inmutó. El viento no lo molestaba, ni tampoco la niebla ni la oscuridad. Tenía la mirada clavada en la tumba que tenía delante, en la sencilla cruz con el nombre de su familia y los nombres de su padre y de su madre.

Se arrodilló allí, en la tierra húmeda, aturdido. Pensó en la promesa que le había hecho a su padre justo antes de morir, en el ardor que había sentido en el estómago a partir de aquel día, que lo había poseído durante tanto tiempo.

Pero sus pensamientos se interrumpieron una y otra vez con la imagen de una mujer que lo miraba confundida y dolida, la imagen de una mujer que no tenía ningún derecho a molestarlo, que no tenía que estar allí.

Sacudió la cabeza, intentando librarse de ella y de la sensación que tenía en el vientre. Había conseguido lo que le había prometido a su padre y no iba a sentirse culpable.

Flexionó varias veces los dedos sin dejar de mirar hacia la tumba y recordó la promesa realizada años atrás.

–Ya está hecho –dijo–. Ya está.

No hubo un relámpago ni un trueno para acompañar sus palabras, ninguna señal que indicase el fatal golpe que Alexios había dado esa mañana. Ningún reconocimiento por parte del cielo, ninguna celebración.

La niebla y el viento no cambiaron y él no se sintió victorioso, sino vacío.

Y entonces se preguntó para qué había servido aquello.

–Si pudiese recuperarte –comentó–. Si pudiese cambiar algo.

Pero sabía que no podía.

Y aquello era lo peor.

Así que se dio la media vuelta y se alejó.

Athena tardó dos días en poder salir de la cama y volver al trabajo. Sabía que, de no haber tenido un trabajo y un bebé creciendo en su interior, no habría tenido ningún motivo para hacerlo.

Fue Loukas el que la ayudó aquellos primeros días, quién le prestó su hombro para que llorase las semanas de después, mientras trabajaban en el informe con el que anunciarían su reciente hallazgo. Fue Lukas quién la escuchó y quién respetó sus silencios.

–¿Quieres un té? –le ofreció, sonriendo.

Ella se dio cuenta de que estaba con la mirada perdida y Loukas había estado observándola. Sonrió y asintió y Loukas desapareció con las tazas en la rudimentaria cocina. Athena oyó que abría el grifo, cerraba la tapa del calentador de agua y encendía el aparato.

Sonrió al oírlo murmurar algo mientras buscaba las bolsas de té y se peleaba con la vieja nevera. Después de cuatro semanas, Loukas seguía muy preocupado por ella y la llevaba entre algodones y Athena se dio cuenta de que, mientras lo tuviese a él, no estaría tan sola como se había imaginado.

Pero Loukas no tenía de qué preocuparse. Con el tiempo, Athena sabía que miraría atrás y entendería lo ocurrido y que, cuanto más tiempo pasase, más sentido le encontraría a todo.

Había sospechado de Alexios desde el principio. Había tenido razón al ser cauta, pero él había ido un paso por delante y la había tentado hasta hacerla caer en su trampa.

«Mikro peristeri».

Su pequeña paloma.

Su estúpida pequeña paloma.

Alexios había montado el robo del bolso para salirse con la suya. Le había ofrecido dejar la verja del palacio de Santorini abierta para que se sintiera segura. Le había hecho pensar que no iba a impedir que se marchase ni iba a intentar nada durante aquella increíble puesta de sol. Y ella había caído en la trampa.

Y cuando ella le había contado que tenía que marcharse porque habían descubierto un barco hundido, él había protestado y ella se había sentido halagada, pero lo que Alexios había dicho era que aquello no significaba que lo suyo tuviese que terminar en aquel momento.

A posteriori, todo tenía sentido. Sin que ella se diese cuenta, Alexios le había insinuado que lo suyo no iba a durar. Porque él siempre había sabido que se iba a terminar. Ese había sido su plan desde el principio: arrebatarle su fortuna y dejarla.

Y le había resultado tan sencillo como robarle el bolso.

Athena pensó que había sido muy ingenua.

Tomó aire, se sentía traicionada, arrepentida, pero eso no servía de nada. Se dijo que no podía romperse.

Lo que más le dolía era no poder financiar el ala del museo en honor a Loukas y su único consuelo era no haberle contado a este sus planes.

Pero estaba decidida a ser fuerte, por ella y por el bebé.

Solo deseaba que esa fuerza la ayudase a aplacar el dolor. Había pensado que el amor se marchitaría durante aquellos primeros días en los que se había sentido tan sorprendida, enfadada y aturdida.

No quería amar.

Pero no era tan sencillo. El amor era algo ilógico, irracional, incómodo e inconveniente. Y en ocasiones ni siquiera el odio lo conseguía sacar.

Alexios no tenía ningún derecho sobre su corazón, pero su corazón no quería escuchar. Seguía recordándole por las noches cómo habían hecho el amor, lo tierno que había sido él y lo especial que la había hecho sentirse.

¿Había mentido muy bien o realmente había sentido algo por ella?

Athena negó con la cabeza. Era evidente que Alexios mentía muy bien. No había otra alternativa.

—Athena —le dijo Loukas en voz baja—. Sé que no soy quién para decirte esto, pero, si te hace tan infeliz, no tienes por qué tener ese bebé.

Después sacudió la cabeza y añadió:

—Lo siento, no es asunto mío. Olvídate de lo que te he dicho.

—No pasa nada, Loukas. Lo he pensado seriamente y he llegado a la conclusión de que no es culpa del bebé. ¿Por qué iba a tener que pagar el error cometido por su madre?

Loukas asintió y tomó sus manos.

—Lo comprendo. Algún día encontrarás a alguien que te merezca de verdad y que os quiera a ti y a tu hijo.

Ella negó con la cabeza.

—No lo creo. Con el ejemplo de mis padres, dudo que yo fuese a hacerlo bien.

—No hay nada escrito en las estrellas que diga que no puedas tener un matrimonio diferente al que tuvieron ellos.

—Tal vez no, pero es el único que he vivido de cerca y no fue bonito, te lo aseguro, así que no quiero hacerle algo parecido a mi hijo.

—Ahora mismo no sabes lo que va a ocurrir. Son cosas que no se pueden predecir.

—Ya veremos. Yo lo único que sé es que, de niña, solo quería que mi padre me quisiera —añadió

Athena, encogiéndose de hombros–. Y sinceramente dudo que fuese capaz. Además, nunca quiso tenerme y la muerte de mi madre lo obligó a tratar conmigo, pero yo no quiero que a este niño le pase lo mismo. Yo voy a ser su padre y su madre, y nunca va a dudar de que lo quieren.

Loukas sonrió y le dio una palmadita en la mano.

–Va a ser muy afortunado de tenerte como madre.

Alexios bajó del helicóptero y se le aceleró el corazón al pisar la isla que tantas esperanzas había suscitado en su padre. Si había necesitado algo que le recordase por qué había hecho lo que había hecho, por qué había pasado diez años tramando cómo hacerse con el imperio Nikolides, allí estaba. La isla de Argos, el lugar con el que había soñado su padre.

El lugar en el que tanto habían sufrido la insaciable avaricia de Stavros Nikolides.

Respiró hondo y se sintió bien.

Tomó el camino empedrado que llevaba a la casa, rodeado de matorrales de tomillo y olivos, y por fin la vio, blanca y orgullosa con el cielo azul de fondo.

Bendecida por la naturaleza y rodeada por las increíbles aguas del Egeo, la isla en sí ya era una joya. No era de extrañar que su padre se hubiese dado cuenta del potencial de aquel lugar.

Alexios estudió el palacio blanco, aquella aberración construida por Stavros en lo alto de la isla, con una piscina infinita bordeándola todo a lo largo, y no pudo evitar pensar en Athena. ¿Habría nadado en aquella piscina? ¿Habría tomado el sol en el bordillo? Entonces se giró para darle la espalda y apartó aquellos pensamientos de su mente. Le bastaba con saber que ningún Nikolides volvería allí.

El ama de llaves había abierto las cortinas blancas para preparar la casa para su llegada y estas se movían con nerviosismo, como si fuesen niños en su primer día de clase, esperando la llegada de un maestro nuevo.

Alexios entró, el recibidor era tan grande que parecía un salón, era enorme, y tenía los suelos y las paredes de mármol, lo mismo que la siguiente habitación, donde además había varias lámparas de araña y dos sofás de cuero blanco en un extremo, con una alfombra también blanca entre ambos. Las paredes estaban cubiertas de enormes espejos que reflejaban todo aquel mármol y daban la sensación de que el salón era interminable.

Sus pasos retumbaron mientras recorría la casa. Todas las habitaciones eran demasiado grandes y estaban amuebladas de manera demasiado opulenta. Todo era horrible y además había varios pisos y distintas alas que se extendían como un cáncer por aquel terreno.

Como el cáncer que había matado a su madre porque su padre no había podido pagar el tratamiento…

Cerró los puños.

Se alegró de haber ido. Estar allí le hacía darse cuenta de que era real, de que lo había conseguido.

Pensó que arreglaría la casa y le daría calor, la utilizaría en vacaciones. El pueblo había cambiado.

Muchas familias se habían marchado o habían enviado a sus hijos a la universidad, pero todavía había muchas personas pasándolo mal. Y la Fundación Kostas las ayudaría. Siempre lo había hecho, como a Anton, que se había quedado solo con seis años y había crecido en la calle.

Haría realidad el sueño de su padre o, al menos, una versión de este. Ya era algo.

Miró otra vez la piscina y después volvió hacia donde lo estaba esperando el helicóptero mientras se imaginaba de nuevo a Athena bañándose en la piscina. Se sintió culpable. ¿Qué estaría haciendo en esos momentos? ¿Seguiría llorando la pérdida de su fortuna?

Sacudió la cabeza y se dijo que era una pena, nada más. Había disfrutado teniendo a Athena en su cama, pero no había podido hacerlo de ninguna otra manera. No tenía por qué sentirse mal.

Capítulo 9

Dos meses después...

Alexios no necesitaba pasar demasiado tiempo en la escuela de la Fundación Kostas. Asistía a todas las reuniones de la junta, por supuesto, e iba a ver las actuaciones de los niños en Semana Santa y Navidad, pero nada más. Así que el director se mostró muy sorprendido cuando se presentó allí un día, sin más.

–Señor Kyriakos –le dijo, tendiéndole la mano para darle la bienvenida–. No lo esperábamos. ¿A qué debemos semejante placer?

Alexios le dio la mano.

–No te robaré mucho tiempo, Con. Solo quería comprobar que mi dinero se está utilizando bien.

–Que no le quepa la menor duda –respondió el director en tono orgulloso–. ¿Quiere que demos una vuelta y se lo enseño?

Condujo a Alexios por los pasillos del edificio que en el pasado había sido un orfanato, hasta que habían dejado de llegar bebés y se había abandonado. Después Alexios había encontrado la propiedad y había decidido que era perfecta para una escuela, para los niños de la calle que no tenían dónde vivir, nada que llevarse a la boca y ninguna posibilidad de recibir una educación. Niños de la calle que podían convertirse en ciudadanos útiles si se les enseñaba otro modo de sobrevivir y prosperar. Niños cuyo futuro no estaría determinado por el destino, sino por las oportunidades. Niños que podían beneficiarse de las lecciones que él había aprendido y que habían hecho que pasase de ser un chico de pueblo a ser multimillonario.

El director le enseñó las clases, donde había estudiantes de seis a dieciséis años, todos haciendo matemáticas o leyendo, aprendiendo destrezas para la vida diaria los de mayor edad, desde cómo abrir una cuenta bancaria, pasar por una entrevista de trabajo o negociar un acuerdo.

Luego fueron a la cocina, donde estaban preparando la comida. Pasaron por la residencia, donde algunos niños tenían, por primera vez en su vida, una cama y una habitación.

Y cuanto más tiempo pasaba allí, mejor se sentía Alexios. Cuando se marchó lo hizo pensando que no era una mala persona, aunque esa hubiese sido su sensación desde el día que Athena había firmado los documentos.

Aquella visita le había demostrado que no era malo, pensase lo que pensase Athena de él.

Porque no le había robado su fortuna porque tuviese nada contra ella.

Lo había hecho por Stavros y por la promesa que le había hecho a su padre.

Aquello no tenía nada que ver con Athena.

No era nada personal.

Cuando volvió a su despacho, ya no estaba tan animado. Se sentó en su sillón y juró entre dientes. Ya había sabido que no le duraría el buen humor, nunca lo hacía. Últimamente nada lo satisfacía, nada podía aliviar aquella sensación de insatisfacción. No estaba bien y no tenía sentido, porque estaba más ocupado que nunca. Tenía un nuevo imperio del que ocuparse, una nueva fortuna que gestionar.

Pero no era suficiente.

Sentía que, después de haber logrado su objetivo, ya no tenía ningún motivo para continuar, ninguna otra meta que alcanzar.

Anton lo llamó por teléfono y él estuvo a punto de no responder. No lo soportaba, se había vuelto arrogante y altivo. No obstante, seguía trabajando para él, así que descolgó.

–¿*Ne?*

–Tengo noticias –le dijo Anton.

Y Alexios supo por su tono de voz que tenía que ver con Athena.

–¿Qué? –inquirió con impaciencia.

Porque si iba a contarle lo mismo de siempre, que tenía un aspecto horrible y se pasaba el día entre su triste apartamento y el trabajo, no necesitaba oírlo. No necesitaba sentirse más culpable.

–Mañana tiene cita con un médico. Un especialista.

–¿Qué clase de especialista? –quiso saber Alexios.

–Un ginecólogo –le informó Anton–. Al parecer, tu exnovia está embarazada.

Embarazada.

Aquello lo sorprendió.

–¿Tiene novio nuevo?

–No. Se limita a ir de casa al trabajo y del trabajo a casa.

Alexios se sintió aturdido. Entonces, el niño tenía que ser suyo.

No logró seguir sentado. Se puso en pie con sensación de triunfo y sintió la necesidad de hacer algo, de actuar. Se dijo que aquello era un regalo de los dioses.

No solo había conseguido acostarse con la hija de Stavros, además, había puesto su semilla en ella.

Sonrió mientras Anton le contaba los detalles de la cita y pensó que Stavros debía de estar retorciéndose en la tumba.

Se cubrió porque el viento que pasaba entre los edificios era frío y pensó que había bebido demasiada agua y necesitaba ir al baño. No obstante, estaba emocionada porque le iban a hacer la ecografía de las doce semanas. Aun así, no era el modo que habría escogido para tener un bebé, ella sola, y no se sentía bien. Era como si faltase algo fundamental, como un padre.

Contuvo la respiración, como solía hacer cuando pensaba en Alexios, y se preguntó por qué seguía ocurriéndole aquello. Por qué seguía pensando en él después de lo que le había hecho. Seguía sin poder dormir bien por las noches, intentando juntar todas las piezas del puzle. ¿Qué tenía que ver su padre con todo aquello?

Le faltaban la mitad de las piezas del puzle, las más importantes, así que no tenía sentido. Y, aunque lo tuviese, nada iba a cambiar. Su corazón seguiría roto.

Y eso la estaba volviendo loca. Necesitaba pasar página y olvidarse de él.

Esperó junto a muchas otras personas a que el semáforo se pusiese verde, impaciente por llegar a la clínica. Estaba rodeada de gente que se frotaba las manos porque hacía frío, pero nunca se había sentido tan sola.

Al menos, iba a ver a su bebé.

Ya estaba embarazada de doce semanas. Era difícil de creer que estuviese en el final del primer trimestre, cerrando la puerta a una posible interrupción del embarazo.

En realidad, nunca se lo había planteado, pero ya no había marcha atrás. Estaba completamente comprometida con el embarazo, con el bebé. Y la idea la animaba y la aterraba al mismo tiempo.

La clínica estaba cerca de allí. Pronto estaría tumbada en una cama y se sentiría mejor.

Y le darían una foto de su bebé.

Tenía la mano en el pomo de la puerta cuando lo sintió, algo se movió a sus espaldas, algo grande y alto. Algo que hizo que se le pusiese el vello de punta.

—¿Adónde vas, Athena?

Ella se quedó inmóvil, no se giró, decidió abrir la puerta, pero él le agarró el brazo con fuerza y Athena se sintió mareada.

–¡Suéltame!

Intentó mantener la calma, que no se notase el miedo que tenía en su voz. Porque si Alexios sabía que estaba allí, también debía de conocer el motivo, y eso la asustó. Su mirada era dura, lo mismo que su expresión, y empezó a recorrerla de arriba abajo, como buscando pruebas, cambios. No los había, no se le notaba todavía, aunque le apretaban más los pantalones vaqueros.

–Tenemos que hablar –le dijo él.

–¡No! –replicó ella, zafándose–. No tengo nada que decirte.

–¿No? –preguntó él, clavando la mirada en la placa que había junto a la puerta–. ¿No te has parado a pensar que tal vez me interesaría saber que estás esperando un hijo mío?

–Esto no tiene nada que ver contigo.

–Por supuesto que sí. ¿No pensarás que voy a dejar el destino de mi hijo en manos de una Nikolides?

Athena estaba demasiado sorprendida para contestar.

–¿Por qué no me has dicho que estabas embarazada?

–Porque no quería volver a verte –espetó ella.

–Mala suerte.

La puerta se abrió y salió una pareja, feliz y sonriente, con una fotografía en la mano, ajena a la nube que se cernía sobre la puerta.

Athena aprovechó la distracción para entrar antes de que la puerta se cerrase.

Alexios la siguió, por supuesto, pero al menos ya estaban dentro y Athena imaginó que no le montaría una escena allí. Se dirigió a la recepción y dijo su nombre con voz temblorosa, pensando que lo único que quería era que Alexios se marchase de allí.

Las personas que estaban en la sala de espera los miraron al entrar y después volvieron a sus revistas o a sus teléfonos.

Alexios se acercó a ella y le preguntó en un susurro:

—¿Desde cuándo lo sabes?

Athena lo fulminó con la mirada mientras recordaba la ilusión del momento en el que lo había descubierto, que había pensado en compartirlo inmediatamente con él, pero eso había sido antes de…

Apartó la mirada y tomó una revista que había en el asiento de al lado. Tenía a Alexios demasiado cerca y olía demasiado al hombre al que había creído amar.

—No pensarías que ibas a poder ocultármelo. Era evidente que me iba a enterar.

Ella se preguntó si la tenía vigilada. Apretó los labios y lo miró con frialdad, deseó decirle que lo odiaba, allí, delante de todo el mundo.

Una mujer la llamó por su nombre y ella se levantó de un salto, ansiosa por escapar. Alexios también se puso en pie.

—No —le dijo ella.

—También es mi bebé —respondió él en voz baja, amenazadora.

Y tenía razón, así que Athena no se molestó en replicar. Apretó los dientes y siguió a la enfermera.

Alexios se sentó en una silla, en un rincón, mientras se preguntaba si de verdad Athena había pensado que podría pasar por aquello sin que él se enterase. No había planeado enfrentarse de manera tan brusca con ella, pero al verla algo había hecho clic en su cabeza. La había visto tal y como la recordaba, pero ojerosa. Era evidente que no estaba bien y él lo iba a solucionar.

Athena se tumbó en la camilla y respondió con monosílabos a la ginecóloga, con la cabeza girada en dirección opuesta a donde estaba Alexios.

Él pensó que eso no le iba a servir de nada, porque iba a seguir allí.

La ginecóloga levantó la falda de Athena y él vio sus muslos suaves, sus femeninas curvas. La doctora le puso un gel en el vientre redondeado y Alexios deseó alargar la mano y tocar su piel. Todavía recordaba lo suave que era, el sabor de sus besos. Los recuerdos hicieron que tuviese que contener la libido.

La ginecóloga miró la pantalla y movió el transmisor por la piel de Athena.

—¿Podemos ver al bebé? —le preguntó él.

—Antes necesito tomar medidas —respondió la doctora casi sin mirarlo.

—¿Por qué? ¿Ocurre algo?

Athena suspiró.

—Tenga paciencia, por favor —le pidió la ginecóloga.

Alexios cambió de postura en la silla, incómodo.

–¿Sabe si es niño?

–¡Alexios! –lo reprendió Athena–. ¿No lo has oído? ¡Ten paciencia!

Él estuvo a punto de gemir. Aquel no era su mundo, ni su campo, todo estaba lleno de extrañas máquinas y de personas que no corrían a complacerlo.

–Además, yo no quiero saber el sexo.

La ginecóloga asintió y Alexios tuvo que hacer un esfuerzo para no responder.

Por fin, la especialista terminó y giró la pantalla.

–Aquí está su bebé –dijo, indicándoles dónde estaban el corazón y las pequeñas piernas, los dedos de las manos y de los pies.

Hizo una fotografía y captó al bebé chupándose un dedo.

Alexios se quedó paralizado. Era su hijo.

Y, de repente, supo que su vida volvía a tener sentido. Ya sabía lo que le iba a deparar el futuro.

Había cumplido la promesa que le había hecho a su padre y aquel era su premio: un hijo de la mujer con la que había podido cumplir la venganza.

Era perfecto.

–Las cosas tienen que cambiar.

Athena, que estaba sentada enfrenté de él, se puso tensa. A pesar de que estaban en una cafetería no estaba tomando café y no había querido pasar más tiempo con él, pero lo había hecho porque se había sentido culpable. Por eso, y por la expresión del rostro de Alexios al mirar la pantalla del ecógrafo un rato antes, que le había hecho darse cuenta de que aquel era su hijo también. Aunque ella no quisiese ni verlo, aunque desease odiarlo con toda su alma.

Era el padre de su hijo.

—¿Qué es lo que quieres, Alexios? —le preguntó, frotándose la frente porque le dolía la cabeza.

Imaginó que podrían llegar a algún acuerdo con respecto a la custodia. Era razonable, justo.

—Vas a venir a vivir conmigo. El bebé estará mejor.

—¿Qué?

Alexios estaba loco si pensaba que iba a hacer aquello.

—¡No!

—Tu apartamento es demasiado pequeño, no puedes seguir allí. Y la zona no es buena. No es un lugar adecuado para criar a un hijo.

—Está bien, me las arreglaré —le respondió ella.

—No puedes vivir sola, así que ya está decidido. Vas a venir conmigo.

—No quiero vivir contigo.

—No tienes elección.

—Escúchame, Alexios, que seas el donante de esperma no significa que puedes decidir sobre mi vida. Yo soy la madre y también tengo derechos, y quiero quedarme en mi casa.

—No —insistió él—. Ni hablar.

Athena guardó silencio unos segundos y él continuó:

—Yo organizaré la mudanza —dijo, sacando el teléfono.

Ella se puso en pie y golpeó la mesa.

–¡No!

Varias personas los miraron, pero a Athena no le importó.

–Tú no eres quién para decidir dónde vivo yo.

Con el teléfono todavía en las manos, Alexios la miró fijamente.

–Primero me dijiste que no habría ningún problema y después se te olvidó contarme que iba a ser padre, ¿no te parece que ya has tomado suficientes decisiones sola?

Ella se cruzó de brazos. Así dicho, parecía que había sido ella la que lo había engañado.

–No voy a vivir contigo.

–Siéntate, Athena.

–¿Por qué? ¿Por qué debería sentarme y dejar que tú me mangonees? ¿Qué hay de lo que yo quiero?

–Tienes razón –le respondió Alexios–. ¿Qué es lo que quieres?

–¿Qué? –preguntó ella, tan sorprendida que se sentó.

–Y si te diese algo que quieres… –empezó él, echándose hacia atrás en la silla, estirándose y ocupando todavía más espacio, como si le perteneciese.

Como también debía de pensar que le pertenecía ella.

–No veo qué podría ser.

–No llegaste a crear el fondo que querías para tu amigo, ¿cómo se llamaba, Loukas?

Athena tragó saliva.

–Tú te encargaste de que así fuera.

–Tal vez podría ayudarte. Yo pondría el dinero para que le dedicases el ala del museo. Incluso podría ponerte a ti como benefactora y que nadie supiese que el dinero lo he puesto yo –le sugirió–. ¿Qué te parece?

–Me parece penoso. Ese dinero me lo has robado a mí.

–Yo no he robado nada. Tú me lo cediste.

–¡Engañada!

Alexios se encogió de hombros.

–El resultado es el mismo, pero mi oferta te daría los medios necesarios para cumplir con tu deseo de honrar a tu amigo.

Ella sacudió la cabeza al pensar en todas las noches que había pasado sin dormir pensando en él, echando de menos sus caricias.

–No podrías caer más bajo, Alexios. Ahora me chantajeas para que acceda a mudarme a tu casa.

–Yo preferiría considerarlo un incentivo.

–Llámalo como quieras.

–No vamos a discutir por eso –dijo él, levantando ambas manos–. ¿Qué me dices, Athena? ¿Quieres esa ala en el museo con el nombre de tu amigo o prefieres vivir sabiendo que podrías haberlo conseguido si te hubieses tragado tu orgullo?

Así dicho parecía muy fácil, como si compartir casa con él no fuese a ser un infierno.

–¿Y qué ocurrirá cuando nazca el bebé? –le preguntó.

–Eso dependerá de ti. Estoy seguro de que, si eres razonable, llegaremos a un acuerdo.

Athena deseó decirle dónde podía meterse su *incentivo*. Quiso decirle que por ella podía volverse a la cloaca de la que, sin duda, había salido.

Pero también quería lo que Alexios le había quitado, quería honrar a su amigo y mentor tal y como había planeado.

Y su modesto apartamento iba a ser muy pequeño con todo lo del bebé, pero ¿irse a vivir con Alexios?

Se humedeció los labios. Si accedía no solo tendría que tragarse el orgullo, sino que tendría que vivir cerca de Alexios, un hombre al que odiaba por cómo la había tratado, pero que seguía atrayéndola, del que se había enamorado.

En realidad, no era el orgullo lo que la preocupaba.

—No voy a acostarme contigo —susurró, haciendo un esfuerzo para decir aquello porque lo tenía que decir.

Él arqueó una ceja y se inclinó hacia delante sonriendo.

—¿Eso es un sí?

Ella pensó en Loukas, en todo lo que este había trabajado durante toda su vida y el poco reconocimiento que había obtenido a cambio, en la sorpresa que se llevaría con aquello.

Tenía la garganta y la boca secas. Levantó la vista hacia el hombre que tenía delante y se dio cuenta de que no tenía elección.

—Sí.

Capítulo 10

DADO que casi todos sus muebles eran muy viejos, Athena tenía muy pocas cosas que llevarse. Y Alexios la enfadó todavía más al ponérselo tan fácil. Athena solo tuvo que ir diciendo lo que quería que empaquetasen y se llevasen y, cuando quiso darse cuenta se estaba despidiendo de su pequeño apartamento y ya estaba en el lujoso ático de Alexios, con su decoración minimalista y sus impresionantes vistas de la ciudad de Atenas. Incluso le habían guardado la ropa y los efectos personales y, dado que ya era demasiado tarde para ir a trabajar, Athena no tenía nada que hacer.

Salvo pasear por aquella enorme vivienda.

Antes de que Alexios volviese a casa, ella fue de ventana en ventana, de habitación en habitación. La suya era muy grande, con un amplio vestidor y un baño de mármol con una bañera inmensa. Una bañera de hidromasaje. Toda para ella sola.

Volvió a los ventanales del salón y estudió con la mirada las concurridas calles de debajo. Alrededor del ático había una terraza que cubría tres lados del edificio y, en el cuarto, una piscina. Athena tendría que haberse sentido mimada y especial, pero en realidad tenía la sensación de estar en una prisión de cinco estrellas. Completamente fuera de lugar.

Aquella no era su casa. No era su lugar. Incluso sus objetos favoritos: una colorida alfombra turca que había comprado en Estambul y un conjunto de frágiles jarrones de cristal que había traído de Grecia chocaban con la moderna decoración del ático.

En pocas palabras, no quería estar allí. Y aunque Alexios le había dejado claro que podía ponerse cómoda, abrir los armarios de la cocina y sentirse como en casa, por mucho que investigase la casa iba a seguir sintiéndose igual.

Solo estaba allí porque estaba embarazada.

Se llevó la mano al estómago. Estaba empezando a notar los todavía sutiles cambios. Su cintura se estaba ensanchando, le pesaban más los pechos y tenía el vientre redondeado.

En unos meses habría nacido el bebé. ¿Seguiría ella allí, en casa de Alexios? ¿Qué clase de familia iban a formar?

Se echó a reír solo de pensarlo y la carcajada resonó entre las paredes. ¿Qué clase de familia podían formar después de todo lo que había ocurrido?

Aunque, en realidad, Athena no tenía ni idea de cómo era una familia de verdad. Durante muchos años había estado solo con su madre y, cuando esta había fallecido, había vuelto con su padre, pero siempre se había sentido incómoda en su mundo.

Lo mismo que le ocurría con Alexios en esos momentos.

Suspiró. Y pensar que había…

–¿Cómo va la mudanza?

Athena se giró. No lo había oído llegar.

–Bien –respondió.

«Estupendamente».

–¿Tienes hambre?

–No.

–¿Quieres que salgamos a cenar más tarde?

La pregunta la sorprendió.

–Esto… mira, Alexios, una cosa es que viva aquí, y otra distinta es que pasemos tiempo juntos. No tenemos que sincronizar nuestros relojes y hacerlo todo juntos, ¿verdad?

Él frunció el ceño.

–Por supuesto que no, pero como los dos tenemos que cenar…

Athena negó con la cabeza.

–Yo me voy a mi habitación, a leer.

–Athena –la llamó él.

Pero no se giró a mirarlo. No quería verlo más de lo estrictamente necesario.

–¿Qué?

–Sé que esto no es lo que querías, pero podemos hacerlo fácil o difícil. Depende de ti.

Ella se echó el pelo hacia atrás y levantó la barbilla antes de volverse hacia él.

–No podemos hacerlo fácil –replicó–. Y, ahora, si me disculpas.

Mientras se quitaba la corbata y miraba hacia el cielo, Alexios se preguntó qué le pasaba a Athena.

No era posible que pretendiese criar a su hijo en su minúsculo apartamento.

Tenía que darse cuenta de que estaba mejor allí. Había espacio, comodidades y un conductor a su disposición cuando quisiese salir, y el barrio era mucho mejor que la calle sin salida en la que ella había vivido.

Además, había aceptado sus condiciones, ¿o no? Él había hecho la transferencia unas horas antes. Pondría a su disposición el dinero que necesitase para que las obras empezasen cuanto antes. Él había cumplido con su parte del trato.

¿Qué le pasaba a Athena?

El cielo no le brindó ninguna respuesta, pero el débil sol brillaba en la superficie de la piscina, tentador. Y él pensó que le vendría bien hacer algo de ejercicio.

Athena se había dado cuenta de que, al estar embarazada, podía pasar de no pensar en la comida a tener un hambre voraz de un momento a otro. Y le había dicho a Alexios que no quería cenar. Fue a la cocina a por algo de fruta, con la esperanza de que Alexios hubiese salido sin ella.

No hubo suerte. Había ruido en la piscina, vio unos brazos musculosos moviéndose. Alexios estaba nadando frenéticamente y a Athena la imagen le resultó fascinante.

Alexios se detuvo en el borde de la piscina, descansó un instante y se impulsó para salir del agua de un salto. El agua corrió por su cuerpo y Athena se quedó hechizada un instante, hasta que parpadeó y se giró hacia la cocina, pensando que había sido como ver a un dios emergiendo del mar.

¿Cómo pensaba Alexios que aquello podía ser fácil?

Ella había sabido lo difícil que iba a ser. Si no había podido dejar de pensar en él, de desearlo, durante los dos meses que habían estado separados, ¿cómo iba a hacerlo estando allí, en su casa, viéndolo casi desnudo y siendo rehén de sus propias hormonas?

Pero él le había ofrecido una manera de cumplir su sueño y honrar a Loukas, y Athena tenía la esperanza de poder encauzar su ira y salir del paso.

Era el primer día y sabía que se había equivocado. Jamás podría borrar los recuerdos estando allí, en su casa, por mucho que lo desease. Necesitaba mantener el odio vivo y no olvidar lo que Alexios le había hecho, no podía permitir que los recuerdos de los buenos momentos que habían pasado juntos lo aplacasen.

Pero en ocasiones le dolía más haber perdido a Alexios que su traición y no lo entendía.

Se dijo que debían de ser las hormonas, tomó una manzana y le dio un mordisco.

Tenían que ser las hormonas del embarazo. No podía ser otra cosa.

Estaba vestida y preparándose para ir a trabajar cuando Alexios apareció en la cocina a la mañana siguiente. Se detuvo al verla y la estudió con la mirada, fijándose en la falda, el jersey y las botas, clavando la mirada en sus ojos.

–¿Has dormido bien, *kalimera*? –le preguntó mientras encendía la cafetera.

–Sí, gracias –mintió ella.

Porque si no había dormido no había sido por culpa de la mullida cama. Había pasado dos meses durmiendo sola y había aceptado que Alexios ya no podía estar en su cama. Durante dos meses se había convencido de que le gustaba dormir sola y no lo echaba de menos, pero eso había sido cuando no lo había tenido durmiendo, probablemente desnudo, en la habitación de al lado. Y aunque las habitaciones eran muy grandes, no había suficiente distancia entre ambos. Su cuerpo sabía que Alexios estaba muy cerca y eso bastaba para que Athena echase de menos lo que había perdido. Aunque era consciente de que solo estaba allí porque estaba embarazada, y también de que Alexios solo había querido su herencia, no a ella.

En realidad, todo seguía igual, no había cambiado nada, salvo que estaban demasiado cerca.

La cafetera pitó y él apoyó la cadera en el banco de piedra y la observó, observó cómo metía un yogurt y unas uvas en la fiambrera. Aquello lo puso nervioso.

–Tal vez deberías tomarte el día libre.

–Ya me tomé el día libre ayer. Tengo trabajo.

–Pareces cansada, deberías descansar.

–Estoy bien.

–No tienes por qué ir a trabajar.

Ella se giró a mirarlo y deseó que no estuviese tan guapo, recién duchado, con el pelo todavía húmedo, la camisa blanca impoluta.

–Sí, sí que tengo que ir a trabajar. Es mi trabajo, Alexios.

–¿Pero es sensato que vayas a trabajar en tu estado?

Ella cerró la fiambrera con fuerza, pero aquello no la alivió.

–No seas ridículo. Estoy embarazada, no enferma.

–Estás esperando un hijo mío.

–¡Y mío!

–Pero…

–Dejar el trabajo no forma parte de nuestro acuerdo, Alexios, y no lo voy a hacer –le advirtió–. Estoy embarazada, pero las mujeres estamos hechas para tener hijos y continuar con nuestra vida mientras tanto. Este embarazado no va a cambiar quién soy y lo que hago. No voy a permitirlo y mucho menos voy a permitir que otra persona me diga lo que tengo que hacer.

Él sacudió la cabeza y la miró como si fuese una niña.

–¿No sería mejor para el bebé que descansases?

–¿Y qué haría, quedarme en esta jaula de oro todo el día? –replicó ella–. Me volvería loca.

Alexios suspiró, dejó su taza de café y se frotó la frente.

–¿Por qué tienes que hacer esto tan difícil?

Ella tomó la fiambrera.

–Solo estoy intentando que funcione. Qué tengas un buen día.

Y se alejó haciendo ruido con los tacones por el suelo embaldosado. ¿Cuántas mañanas más, cuántas conversaciones parecidas tendría que soportar? Iba a volverse loca de todos modos.

–Athena –la llamó él.

Ella se giró, esperando recibir más instrucciones, que Alexios le recordase que mirase a ambos lados antes de cruzar, que comiese bien, como si no supiese cuidar de su bebé.

–¿Sí?

–Iba a decírtelo anoche durante la cena, pero como no fuimos a cenar… ya está creado el fondo para la financiación del ala del museo. Mañana hay una reunión en el ministerio para poner la maquinaria en marcha y he pensado que te gustaría asistir para explicar el significado de los hallazgos realizados.

–Ah. ¿Ya está hecho?

–Era mi parte del trato.

–Por supuesto –dijo ella, sintiéndose esperanzada por primera vez–. Sí, me gustaría mucho estar allí, gracias.

Alexios se quedó donde estaba mientras ella se alejaba, cerraba la puerta y tomaba el ascensor.

Había pensado que no volvería a verla jamás, pero allí estaba, viviendo en su casa.

Esperando un hijo suyo.

Más quisquillosa de lo que la recordaba, más distante y más valiente de lo que la había imaginado, pero igual de bella, con más curvas.

Había pensado que no volvería a verla jamás, pero la tenía allí, de vuelta.

Athena le había dicho que no iba a acostarse con él.

Alexios sonrió. Cuando se lo había dicho no le había importado, pero en esos momentos era consciente de cuánto la había echado de menos.

Y no iba a permitir que se marchase a ninguna parte.

A Athena le gustó estar fuera de casa de Alexios y en su despacho otra vez, rodeada de sus libros y fotografías favoritos. En comparación con la decoración minimalista del ático, estar allí era reconfortante, como volver a casa y ponerse unas cómodas zapatillas. Se quitó el abrigo, respiró hondo y sonrió. Qué bien.

–Ah –le dijo Loukas, sonriendo al verla–. Has vuelto. ¿Qué tal ha ido la mudanza?

Ella le dio un beso en la mejilla y un abrazo rápido antes de arrugar la nariz.

–Ya sabes… pero ya está hecho y la verdad es que es un lugar muy cómodo.

Él siguió sonriendo, pero había preocupación en su mirada. Apoyó una mano en su hombro y se lo apretó.

–¿Estás segura de lo que estás haciendo? Me parece una decisión extraña después de todo…

–Lo sé –le respondió ella–, pero Alexios está muy contento con la llegada del bebé.

«Y me ha ofrecido un trato… Un trato que ya ha empezado a cumplir».

A Athena le había sorprendido que lo hiciese tan pronto. Se preguntó si lo había hecho para que ella se sintiese en deuda con él.

Loukas asintió.

–Bueno, después de todo lo que has pasado, solo espero que salga bien. Si no, se las tendrá que ver conmigo.

Athena se echó a reír por primera vez en mucho tiempo.

–¿Hasta dónde llegaste ayer? –le preguntó después.

Tenían que entregar el artículo que estaban escribiendo juntos acerca del hallazgo del barco al final de la semana para que lo publicase una revista de arqueología.

Loukas se sacó las gafas del bolsillo y buscó por su escritorio hasta que encontró lo que estaba buscando.

–Me gustan los cambios que has hecho –le dijo–. Solo hay que aplicarlos y ya podemos enviar el artículo. Debería salir en la próxima edición.

–¿Tan pronto? Estupendo.

–Y el museo me ha confirmado que podemos utilizar el anfiteatro para presentar de manera formal el hallazgo.

–Maravilloso –añadió ella, sabiendo que sería el

lugar y el momento ideal para anunciar también la creación de una nueva ala.

A Loukas le iba a encantar.

Y eso era suficiente para que ella intentase que el acuerdo que tenía con Alexios saliese bien.

Ver a Alexios en acción, liderando una sala de juntas llena de políticos y burócratas era como ver jugar a un maestro del ajedrez. Athena se había sentado a su lado después de explicar la importancia de su último descubrimiento y de la carrera de Loukas, y en esos momentos observaba cómo los demás asentían y tomaban notas mientras Alexios les explicaba cuál era el plan para la construcción de la nueva ala. El hecho de que el dinero lo pusiese él ya era un punto a favor, pero lo que más impresionó a Athena fue su manera de responder a los inconvenientes que los asistentes iban planteando.

¿Era necesario un aparcamiento nuevo en esa zona? No había problema, habría un parking subterráneo de varias plantas, les dijo Alexios, y un jardín encima.

¿Cómo se iba a gestionar el aumento de público? Fácilmente, con un nuevo sistema de entradas.

Y así fue respondiendo a las preguntas una a una, hasta que todo el mundo se miró y les dio las gracias a Alexios y a Athena por su presencia y les dijeron que tenían que deliberar antes de tomar una decisión.

–Has estado muy bien –lo felicitó Athena, por decir algo, cuando estuvieron fuera–. Muy bien.

No era de extrañar que Alexios tuviese tanto éxito, era un excelente negociador.

–Tú también –le respondió él–. Los has tenido comiendo de tu mano durante toda la presentación y los has convencido de que habrá hordas de visitantes deseosos de ver la nueva exposición.

Aquello la sorprendió. Lo único que había hecho Athena había sido hablar desde el corazón, algo muy sencillo cuando se trataba de su trabajo.

–Gracias.

–Y, al fin y al cabo, les estamos ofreciendo mucho dinero.

–¿Estamos? –repitió ella, todavía más sorprendida.

–Bueno, esto es cosa de los dos –añadió Alexios, casi sonriendo.

Athena apartó la mirada. Lo último que quería era bajar la guardia y volver a enamorarse de Alexios. Este ya la había dejado tirada en una ocasión y podría volver a hacerlo. De hecho, seguro que era lo que tenía planeado, tal vez, cuando el bebé naciese.

No podía volver a confiar en él.

Alexios se miró el reloj.

–¿Tienes tiempo para ir a comer algo rápido?

Ella se mordió el labio, confundida por los mensajes contradictorios, desconcertada por sus propias emociones, también contradictorias.

–No estoy segura…

–No estaremos mucho tiempo.

A Alexios le sonó el teléfono. Miró la pantalla, arqueó las cejas y respondió:

–¿*Ne?*

Ella contuvo la respiración y lo observó. Lo vio sonreír.

–*Efharisto poli* –dijo él, asintiendo mientras colgaba.

Ella se llevó la mano a la boca.

–¿Eran ellos?

Alexios asintió.

–Y… ¿qué han dicho?

–Que sí.

Athena dio un grito y se lanzó a sus brazos. Fue solo un instante, pero aspiró su olor, que despertó todos sus sentidos, y se dio cuenta del error.

Se apartó y agachó la cabeza, incapaz de mirarlo a los ojos.

–Es estupendo –comentó, metiéndose las manos en los bolsillos del abrigo–. Estupendo.

–Entonces… ¿vamos a comer?

Después del ridículo que acababa de hacer, Athena no estaba segura de que fuese buena idea, pero no podía decir que no.

–Si no vamos a tardar mucho…

Se había levantado un fuerte viento, que arrancaba hojas de los árboles y las hacía llover por la calle. Alexios la agarró del brazo, como con miedo a que ella saliese volando también. A ella se le erizó el vello de la nuca al notarlo tan cerca, al sentir su cuerpo fuerte y caliente, pero no se apartó.

No obstante, se recordó que aquel seguía siendo Alexios, el hombre que la había traicionado.

El hombre al que odiaba.

Pero también era el padre de su hijo.

Al que había amado.

Y se sintió más confundida que en toda su vida.

–¿Qué tal en el médico? –le preguntó Loukas cuando regresó al trabajo.

Ella sonrió.

–Genial –le dijo–. No podría haber ido mejor.

Capítulo 11

DESPUÉS de aquello, a Athena le costó todavía más esfuerzo mantener las distancias con Alexios. Tuvieron que trabajar juntos y Alexios le pedía consejo con frecuencia. El resentimiento que sentía por él cada vez era menor. Aquel era un hombre diferente, que la escuchaba y la trataba como a un igual, al menos, en lo relacionado con aquel proyecto.

A menudo comían juntos y las conversaciones eran cada vez más fluidas y civilizadas. Alexios incluso había dejado de intentar controlarla y de darle consejos acerca de cómo se debía cuidar.

Pero, en cierto modo, aquello hizo que vivir con él le resultase todavía más difícil. La tensión se palpaba en al ambiente cuando estaban juntos, cuando sus miradas se cruzaban, cada vez que Alexios le sonreía.

Pero ella tenía claro que no iba a cometer el error de volver a tocarlo y no dejaba de recordarse que solo era la madre de su hijo.

El bebé seguía creciendo en su interior y su cuerpo iba cambiando día a día y su vientre, cada vez más prominente, empezaba a causarle problemas.

Estaba en su dormitorio probándose ropa, pero nada le sentaba bien. No tenía nada que ponerse para la gala en la que anunciarían la nueva ala del museo, que tendría lugar dos días después.

No tenía ningún vestido lo suficientemente elegante y el vestido plateado que se había puesto aquella noche para cenar con Alexios ya no le servía. Tanto mejor, prefería no pensar en aquella noche.

No obstante, había intentado ponérselo y la cremallera se le había quedado atascada. Llevaba cinco minutos peleando con ella sin éxito.

Alexios llegó a casa y preguntó:

—¿Dónde estás?

Ella suspiró. No tenía elección. Iba a tener que pedirle ayuda.

—En mi vestidor. Atascada.

—¿Puedo entrar? —preguntó él.

—Por favor. No puedo salir de este vestido.

Se cruzó de brazos para intentar taparse los pechos y lo vio aparecer por la puerta.

—¿Qué haces?

—Intento encontrar algo que ponerme para la gala, pero nada me sirve y se me ha atascado la cremallera. ¿Me puedes ayudar?

A él le brillaron los ojos y Athena supo que aquello no era buena idea.

—Por supuesto —le respondió Alexios, acercándose.

Ella le dio la espalda, cerró los ojos y contuvo la respiración.

—¿No es el vestido que te pusiste…?

–Sí.

–Vaya –comentó él mientras tiraba de la cremallera.

Athena sintió sus dedos en la piel y deseó echar a correr.

–¿Cómo lo ves? –le preguntó a Alexios intentando hablar con naturalidad.

–No quiero romper el vestido, así que estoy intentando hacerlo con cuidado –le dijo él.

–¡Me da igual el vestido!

–Espera –añadió él como si estuviese disfrutando del momento, tirando suavemente de la cremallera–. Ya está.

Y se la bajó. Hasta el final.

–Gracias –le dijo ella, sujetando el vestido y respirando con dificultad–. Muchas gracias.

–Athena… –susurró él, desnudándola con la mirada.

Ella sacudió la cabeza.

–No –le advirtió, a pesar de que su cuerpo le pedía todo lo contrario.

Él se incorporó lentamente, rogándole con la mirada. Y ella supo lo que ocurriría si le decía que sí, pero también supo cuál sería el precio de semejante placer. La última vez había tardado dos meses en recuperarse y todavía no estaba fuerte. No podía pasar por aquello otra vez.

–Ya tuviste tu oportunidad –le dijo–. Y me traicionaste. No voy a permitir que lo vuelvas a hacer.

El gesto de Alexios cambió como si le hubiese echado un jarro de agua helada por encima.

–Perdóname –se disculpó, y la dejó sola.

Athena se dejó caer sobre una silla. Le había dicho a Alexios que no iba a acostarse con él, pero ya no lo tenía tan claro.

Se quedó un buen rato en su habitación, ordenando la ropa y guardando la que le quedaba demasiado pequeña. Se dijo que, al día siguiente, a la hora de la comida, tendría que salir a comprarse un vestido.

Oyó voces fuera, de varias mujeres. Llamaron a su puerta.

–He hecho venir a la diseñadora Katerian Kolvosky y a sus ayudantes. Te ha traído algunos vestidos para que te los pruebes.

Una mujer extremadamente elegante entró sonriente y le dio la enhorabuena mientras sus asistentes le tomaban medidas y acercaban varios percheros con vestidos.

–Ven, ven –le dijo *madame* Kolvosky–, quítate la ropa, querida. Nos tenemos que poner manos a la obra.

Dos horas y dos docenas de vestidos después, Athena estaba agotada, pero ya tenía qué ponerse para la gala. Un vestido rosa dorado, fruncido en un hombro y en la cintura, largo hasta los pies y vaporoso. Un vestido sobrio, pero femenino, que ni ocultaba ni acentuaba su vientre. Perfecto.

Cuando *madame* Kolvosky y su equipo se hubieron marchado, Athena fue a la cocina a comer algo. Vio que Alexios salía de la piscina, respirando con dificultad, como si se hubiese pasado dos horas nadando.

–¿Has encontrado algo? –le preguntó este desde la puerta de la terraza.

–Sí. Gracias.

Él sacudió la cabeza para secarse el pelo.

–No me las des. Considéralo una disculpa. Por lo de antes.

–Ah.

Athena recordó el calor de sus dedos en la piel y tragó saliva.

–En ese caso, disculpas aceptadas –dijo antes de marcharse para no seguir viendo a Alexios en bañador.

La vio alejarse y deseó que aquello pudiese ser diferente, pero supo que no era posible. Le gustaba tenerla allí. El bebé le había dado un motivo para buscarla, una excusa, pero no se pasaba las noches pensando en el bebé, sino en Athena.

Se preguntó si a ella también le ocurriría.

Pero era consciente de que le había hecho daño. La había utilizado y traicionado para vengar a su padre.

No obstante, Athena había sido inocente. Su única culpa había sido ser la hija del hombre al que había jurado castigar.

¿En qué clase de persona lo convertía aquello? ¿Acaso era mejor que el padre de Athena?

Era normal que ella lo rechazase, que no confiase en él.

¿Cómo iban a seguir conviviendo si no podía desearla más? Athena había tenido razón al decir que aquello no podía ser fácil.

La revista de arqueología anunció a bombo y platillo el descubrimiento del barco y su precioso cargamento, con fotografías del equipo mientras trabajaba y de Athena y Loukas junto con los lingotes de oricalco. Y, enseguida, una docena de páginas web de noticias de todo el mundo se hicieron eco de la noticia.

Athena ya estaba eufórica antes de llegar a la peluquería, donde le hicieron un elegante recogido y la maquillaron de manera más llamativa que de costumbre.

—Pareces una diosa —comentó Alexios, mirándola con deseo, al verla llegar.

Y ella pensó que así era como se sentía y que nada iba a empañar su buen humor.

En el salón que les había prestado el museo habían instalado mesas redondas para la cena, un podio y una pista de baile. En un rincón, un cuarteto de cuerda tocaba música de cámara y los invitados ya habían empezado a llegar.

—Loukas —dijo Athena al ver llegar a su maestro.

Él se giró y sonrió.

—Estás preciosa, Athena —le dijo, dándole un beso en la mejilla—. Y usted debe de ser Alexios.

Este asintió y le tendió la mano.

—Loukas.

El profesor estudió a Alexios con la mirada, muy serio, y después se giró hacia ella y su gesto volvió a ser afectuoso.

–Al parecer, estamos en la cresta de la ola, y eso que solo somos dos arqueólogos. Ven por aquí.

–Sí –respondió ella, sonriendo a Alexios con complicidad.

Enseguida se arrepintió porque él le puso la mano en la cintura para guiarla hasta la mesa en la que iban a sentarse y juró en silencio al sentir que se estremecía y lo deseaba todavía más.

Cenaron y charlaron de los artículos de prensa que habían leído y después empezaron los discursos. Se proyectó un vídeo corto sobre el descubrimiento y los comentarios de los miembros del equipo. Entonces fue el turno de Loukas, que dio gracias al equipo y a los dioses por haberles brindado aquella oportunidad. Volvió a su sitio rodeado de aplausos y Athena subió al podio.

–¿Y eso? –preguntó Loukas, mirando el programa que tenía delante–. No sabía que iba a hablar.

Y Athena empezó anunciando la construcción de una nueva ala en el museo, donde se exhibirían los tesoros recuperados del barco, una nueva ala dedicada a un hombre que había consagrado toda su vida a la investigación de la historia de Grecia.

Desde el podio, vio llorar a Loukas de la emoción y lo vio sonreír, vio que lo abrazaban, que lo fotografiaban. Y antes de bajar, miró a Alexios.

–Bravo –le dijo este.

Y algo cambió en su interior, algo que ya no podría volver a ocupar su lugar.

–Nunca había visto a Loukas tan contento –comentó Athena en la parte trasera de la limusina, de camino a casa–. No sospechaba nada.

Las luces de las farolas se reflejaban en las ventanillas. La noche era fría y estaba lloviendo, pero era una noche para celebrar y Athena estaba emocionada. Emocionada por Loukas y por tener a aquel hombre tan cerca toda la noche. Tan cerca y tan lejos al mismo tiempo.

De repente, sintió que estaba demasiado lejos.

Alexios la deseaba, de eso estaba segura. Y ella lo deseaba también.

No, no solo lo deseaba, lo amaba.

–Has hecho algo maravilloso –comentó este–, honrando así a tu amigo.

Él le dio la mano y disfrutó del calor de su cuerpo.

–Eres tú el que ha puesto el dinero.

Alexios bajó la mirada a sus manos unidas, sorprendido, pero no se apartó.

–Los dos sabemos que eso no es verdad.

–Da igual. Lo importante es que ha ocurrido.

Él se giró a mirarla, le apretó la mano.

–Nunca había conocido a nadie tan desinteresado como tú, Athena. Después de lo que te hice…

–Preferiría que no hablásemos de eso esta noche.

Él se llevó la mano de Athena a los labios y le dio un beso.

–No quiero ponerme triste en una noche así.

–¿Y qué quieres? –le preguntó él.

–Creo que… quiero que me hagas el amor.

Alexios estaba dividido. En condiciones normales, jamás le habría dicho que no a Athena, pero sabía que lo que quería no era una noche de sexo, ni dos. Lo que quería era a Athena en su vida, de manera permanente. Y eso no era posible, al menos, hasta que se lo contase todo. Hasta que le explicase por qué había hecho lo que había hecho.

–¿Sabes lo duro que ha sido tenerte en casa y no poder tocarte? –le preguntó.

Ella lo miró con el ceño fruncido.

Alexios sonrió.

–Quiero hacerte el amor, Athena, pero esta vez quiero hacerlo bien y eso solo será posible si no hay secretos entre nosotros.

Athena lo miró fijamente, sin entenderlo, pero él recordó que le había dicho que lo amaba, y la única manera de recuperar su amor era desnudando su alma y contándole la verdad.

–Antes tengo que enseñarte algo. Tengo que contarte algo. ¿Vienes conmigo?

Athena parecía preocupada, le temblaba el labio inferior y él apoyó la mano en él para calmarlo. Ella le dio un beso en los dedos.

–Está bien –susurró.

Capítulo 12

A PESAR de que estaba nublado, Argos parecía una joya en el mar turquesa. Athena reconoció la isla nada más verla y se sintió nostálgica.

No entendía por qué la había llevado Alexios allí. La noche anterior había estado muy raro, se había despedido de ella con un beso en la mejilla y la había dejado sola. Aquello que lo angustiaba, que quería contarle, debía de ser muy importante.

En cualquier caso, ella ya había tomado una decisión. Amaba a Alexios, no podía evitarlo.

Y en cuanto este le hubiese contado lo que le quería contar, harían el amor.

Alexios señaló por la ventanilla del helicóptero.

—Argos —gritó.

Y unos minutos después habían aterrizado.

—Qué sensación tan extraña —comentó Athena al bajar.

—¿Venías mucho? —le preguntó él.

—Mi madre me mandaba a Grecia durante las vacaciones y mi padre me traía aquí. Yo lo odiaba.

—¿Por qué?

—Porque era solo una niña y quería quedarme en

casa, con mis amigas, no estar sola en una isla en medio de la nada.

–Pero tenías a tu padre cuando estabas aquí, ¿no?

–La verdad es que no. Él no sabía qué hacer con una niña y pretendía que sus empleados me atendiesen. Además, estaba demasiado ocupado.

–¿Trabajando?

–Eso, y con su amante de turno. Para él esta isla era un juguete, lo mismo que ellas.

Llegaron al puente que había sobre la piscina y Athena se detuvo.

–Mira, su mausoleo.

–¿Por qué lo llamas así?

–Porque es un lugar muy frío –le respondió ella, encogiéndose de hombros–. ¿Por qué me has traído aquí? ¿Qué es lo que quieres contarme?

Aquella era la pregunta que Alexios había estado esperando. Sonrió y señaló hacia la terraza.

–Ven, vamos a sentarnos.

El ama de llaves les llevó una bandeja con café, agua y aceitunas. Alexios le dio las gracias e intentó encontrar el modo de empezar la historia.

–Quiero hablarte del motivo por el que hice lo que hice con la empresa de tu padre, y contigo.

–No sé si quiero saberlo. Querías el dinero. Los abogados ya me advirtieron que tuviese cuidado y no los escuché.

–Ojalá fuese tan sencillo, pero… Argos no fue siempre propiedad de tu padre.

–¿No?

–Mucho tiempo atrás, Argos pertenecía a un viejo pescador, a un primo lejano de mi madre, que se marchó a Australia y le ofreció la isla a mi padre, que, como solo era un hombre sencillo con muchos sueños, no podía pagarla.

–¿Qué clase de sueños?

–Mi padre trabajaba mucho en su pueblo, como todo el mundo. Soñaba con construir un hotel para las familias de su pueblo, un lugar modesto, pero lujoso en comparación con lo que la gente tenía en sus casas.

–Suena bien. ¿Y qué ocurrió?

–Que mi padre le pidió ayuda a un viejo amigo, que también había crecido en el pueblo antes de marcharse a Atenas a hacer fortuna. Y su amigo accedió a ayudarlo, pero lo que hizo fue comprar la isla él y hacer sus propios planes. Cuando mi padre fue a preguntarle por qué había hecho aquello, su amigo le respondió que algunas personas estaban destinadas a tener éxito y, otras, a quedarse en el pueblo.

Alexios suspiró.

–Un año después le diagnosticaron un cáncer a mi madre y mi padre no tenía dinero para pagar el tratamiento. Cuando falleció, mi padre se quedó destrozado, cayó en una depresión –continuó, sacudiendo la cabeza–. Y en su lecho de muerte yo le prometí… le prometí que me vengaría por lo que su amigo le había hecho.

–No entiendo… –comentó Athena, pero su expresión cambió–. Ese amigo… ¿era mi padre?

–Sí.

Ella respiró hondo.

–A ver si lo he entendido. ¿Por lo que se supone que hizo mi padre, tú decidiste vengarte, aunque fuese vengarte de un hombre muerto? ¿Y lo pagaste conmigo, que no tenía ni idea de todo eso?

–Nunca he tenido nada contra ti, sino contra tu padre.

–Pero te acostaste conmigo y me dejaste embarazada.

–Tu padre apuñaló al mío por la espalda y lo dejó hundido.

–¿Y tú te vengas destrozándome a mí la vida?

–Athena, escúchame. Tu padre traicionó al mío. Y, como resultado, yo perdí a mis dos padres.

–¡Pero no puedes pagarlo conmigo! –le gritó ella con exasperación–. Pensé que eras codicioso, pero esto es mucho peor, ¡estás loco! Quiero volver a casa, Alexios. Pídele al piloto que me lleve a casa.

–Athena, por favor… pensé que, si te lo explicaba, lo entenderías.

–Y lo entiendo. Tal vez algún día lo entiendas tú también. Habías vuelto a conseguir que bajase la guardia, pero ya la he vuelto a subir. ¿Puedes llamar al piloto?

Alexios se quedó de piedra. Había pensado que podían empezar de cero si ponía las cartas sobre la mesa, pero Athena se las había tirado a la cara. Y solo le quedaba un as bajo la manga. Un as que habría preferido jugar en un momento más romántico.

–Por favor, Athena –le pidió–. Quería decirte algo más.

Ella resopló, negándose a mirarlo.

–Te amo –le dijo Alexios–. He tardado mucho en darme cuenta, pero, te amo. Por favor… por favor, no me odies.

–No te odio –le dijo ella, volviendo a mirarlo–. Me das pena.

Hicieron el viaje de regreso a Atenas en silencio.

–Nuestro acuerdo ha concluido –le dijo Alexios mientras ella se subía a la limusina que la llevaría a un hotel–. Pediré que empaqueten tus cosas y hablaré con mis abogados para devolverte tu fortuna.

–El dinero no me importa –le dijo ella.

–Pues debería –le respondió él–, porque es tuyo. Es tuyo y jamás debí quitártelo.

–Estuvo mal, sí –dijo ella–. Adiós.

Loukas la alojó en su casa de manera temporal y ella se preguntó cómo había podido pensar que lo suyo con Alexios podía funcionar.

¿Cómo había sido tan tonta para enamorarse dos veces del mismo hombre?

Apoyó las manos en su vientre y se preguntó qué le contaría a su hijo acerca de su padre. Y decidió que lo mejor sería que no lo conociese jamás. Estaría mejor sin él.

Capítulo 13

ALEXIOS observó la Acrópolis y se preguntó cómo había podido seguir con su plan tras la muerte de Stavros.

Lo único bueno que había salido de aquello era que había conocido a Athena. Había conocido a la mujer perfecta y la había perdido, y la culpa era toda suya.

Athena no respondía a sus llamadas ni a sus mensajes, pero él iba a seguir intentándolo.

Athena estaba sentada en su despacho, con Loukas, estudiando los planos del ala del museo, cuya construcción ya había empezado. Aunque ni siquiera eso había servido para animarla.

Su teléfono sonó y tuvo que tragar saliva al ver quién la llamaba.

—¿Qué quiere? —le preguntó Loukas.

—Verme.

—¿Y tú?

—No.

—¿Y por qué piensas que sigue intentándolo?

—Porque no es capaz de aceptar un no por respuesta. Porque estoy esperando un hijo suyo y no soporta no ser él quién controle la situación… —replicó ella–. No sé.

–¿No te has parado a pensar que puede haber otra razón? Que tal vez lamente realmente lo ocurrido. Que esté enamorado de ti.

–Pues tiene una manera muy curiosa de demostrármelo.

–Sí. Lo que hizo estuvo mal, no pretendo excusarlo, pero lo hizo porque eras la hija de Stavros, antes de conocerte. Vio sufrir a sus padres y eso no le gusta a nadie, pero ha querido contarte la verdad y que lo comprendas. ¿No será que ha empezado a quererte?

–Yo no quiero estar con un hombre capaz de hacer algo tan horrible.

–Lo entiendo, pero ¿qué es mejor, un hombre que nunca hace nada mal, u otro que se equivoca, pero es capaz de retroceder y admitir sus errores?

–Pero me engañó. ¿Por qué lo estás defendiendo?

–No soy quién ni para defenderlo ni para acusarlo. La que me preocupas eres tú. ¿Te has preguntado por qué estás tan triste últimamente?

–¡Porque Alexios ha traicionado mi confianza! ¡Porque me ha hecho daño!

–Sí, pero ¿no será también porque todavía lo amas?

–¡Pero no quiero amarlo! –protestó Athena.

Su amigo suspiró.

–Yo le di la espalda al amor y me he arrepentido mucho. Y no quiero que cometas el mismo error. Así que piensa bien lo que haces o podrías lamentarlo durante el resto de tu vida.

Y ella se quedó pensativa, sopesando todas las opciones, consciente de que Loukas tenía razón al menos en una cosa: estaba muy triste.

Respiró hondo, tomó el teléfono y lo llamó.

–Quiero verte, en el café de Thera en el que nos conocimos.

Él no respondió.

Capítulo 14

ALEXIOS hizo girar la taza en su mano mientras esperaba y se preguntaba por qué habría accedido Athena a verlo.

Athena entró en la cafetería, fuera llovía. Alexios llevaba el pelo más largo de lo habitual y estaba sin afeitar, tenía mal aspecto, pero aquello no la reconfortó.

—¿Puedo sentarme? —preguntó al llegar junto a su mesa.

—Por supuesto —respondió él—. ¿Cómo estás?

—Bien —respondió ella, aunque sabía que tenía ojeras y era por su culpa.

Alexios suspiró.

—Me alegro —le dijo—. ¿Quieres un café?

El camarero se acercó y Athena pidió una infusión.

Cuando el camarero llevó su infusión y otro café para Alexios, ella comentó:

—Te gusta el café muy fuerte.

—Me ayuda a pensar.

—Pensar es bueno, pero no te olvides de sonreír.

—Una vez tuve un motivo por el que sonreír, pero lo estropeé. Ahora ya no tengo ninguno —admitió—. ¿Por qué has querido verme?

–Porque necesito entenderlo mejor. La última vez fue todo muy deprisa. Muy duro. No quiero recordar así nuestra última conversación.

Él la miró como si acabase de recibir un duro golpe.

–No sé si alguien podría entenderme. No tengo palabras para explicarme. Tenía tal sed de venganza… que cuando Stavros murió la dirigí hacia ti –admitió–. Pensé que sería fácil y rápido, pero cuanto más tiempo pasaba contigo, más quería seguir conociéndote, que no terminase. Y, cuando terminó, tuve que recordarme por qué lo estaba haciendo. Llevaba diez años esperando el momento. No tenía otra meta en mi vida.

–¿Me estás diciendo que ya te importaba antes?

–*Theos*, sí, me importabas, aunque intentase negármelo a mí mismo. Y cuando me enteré de que estabas embarazada lo utilicé como excusa para acercarme a ti. De repente, ya no tenía nada más en la vida. Mi vida estaba vacía. Hasta que tú volviste.

Athena tomó aire.

–Aquella noche, en la gala, te pedí que me hicieras el amor. ¿Por qué no quisiste?

Alexios se encogió de hombros.

–Porque tenías que saber qué clase de hombre era antes de que volviese a romperte el corazón. Aunque ahora el que tiene el corazón roto soy yo. Qué ironía, ¿no? En realidad, no merezco otra cosa.

Se bebió de un sorbo lo que le quedaba del café.

–Gracias por haberme llamado. Me alegro de volver a verte. Te veo… bien.

Ella lo agarró del brazo al ver que se ponía en pie.

–Alexios, espera. ¿No entiendes por qué estoy aquí?

–¿Para pedirme que deje de llamarte?

–No. Porque quería decirte algo.

Él suspiró y volvió a sentarse. Su gesto era de resignación.

–He querido odiarte, Alexios, y creo haberlo hecho durante un tiempo, pero has financiado el ala del museo.

–¿Cómo no iba a hacerlo, después de haberte traicionado?

–El caso es que no me lo esperaba.

–Te lo prometí. Y te prometí que te devolvería el dinero.

–Gracias.

–No, no me des las gracias. No lo merezco. Jamás lo mereceré.

–¿No te das cuenta de que no importa? –le dijo ella, tocándose el vientre–. Solo importamos nosotros. No puedo excusar lo que hiciste, pero eres el padre de este bebé y creo que has intentado cambiar. Porque me amas.

–Por supuesto que te amo, Athena.

–Y ese es mi problema, Alexios, que a pesar de que he querido odiarte, no he podido dejar de amarte.

Aspiró el aire salado de aquella isla que siempre estaría allí, que había empezado de cero después de una catastrófica erupción volcánica.

–¿Podríamos volver a empezar? –le preguntó–. ¿Podríamos intentarlo otra vez, pero sin secretos? Solo con amor y este bebé. ¿Piensas que podría funcionar?

Alexios se echó a llorar y asintió, no era capaz de hablar.

–Te amo, Athena –le dijo por fin–. Y te amaré siempre.

–Y yo a ti –le respondió ella mientras Alexios la abrazaba.

Y se besaron mientras el viento golpeaba las persianas con fuerza, llevándose los recuerdos del pasado y dejando solo lo que más importaba.

El amor.

Epílogo

LA CAPILLA de Santorini en la que iba a casarse con Alexios era pequeña, pero preciosa, con las paredes blancas y el tejado azul por fuera y una explosión de colores por dentro.

El lugar perfecto para una boda. El momento perfecto.

–¿Estás nerviosa? –le preguntó Loukas, que estaba a su lado.

–Un poco –admitió ella, sin saber si lo que sentía en el vientre eran los nervios o las patadas del bebé.

Ni ella ni Alexios habían querido esperar a casarse.

–Antes de que empiece, quiero decirte algo –le susurró Loukas.

Athena lo miró y se dio cuenta de que parecía angustiado.

–¿Qué te ocurre?

Él tiró del cuello de la camisa y tosió, y Athena se dio cuenta de que estaba emocionado.

–Es un honor ser quien te acompaña al altar –le dijo él–. Eres la hija que nunca tuve y ahora me estás regalando una familia que nunca he tenido. Te deseo una vida larga y feliz junto al hombre al que amas.

A ella se le encogió el corazón.

–Gracias, Loukas. No querría tener a nadie más a mi lado en este día.

–Estoy orgulloso de ti, Athena –añadió él–, orgulloso de que hayas conseguido todo lo que te has propuesto. Y sé que solo es el principio. Mereces una vida maravillosa.

A Athena se le empañaron los ojos y tuvo que morderse el labio inferior para contener las lágrimas. Era lo que un padre debía decirle a una hija en el día de su boda, y Loukas no podía haberle hecho un regalo mejor.

–Gracias por todo lo que has hecho por mí –le respondió–. Conocerte es lo mejor que me ha pasado en la vida.

–Lo segundo mejor, diría yo –la corrigió Loukas sonriendo.

La música cambió, señalando el momento en el que debían entrar y Athena miró hacia delante, hacia el hombre que la esperaba en el altar. Por un instante, se preguntó cómo podía tener tanta suerte.

Cuando llegó a su lado, Alexios le dijo:

–Estás preciosa.

–Te amo –le respondió Athena.

Y él le apretó la mano antes de que el sacerdote empezase con la ceremonia que los uniría como marido y mujer.

Después todo el mundo brindó por los recién casados con champán y ouzo en el palacio de Alexios, cuya terraza estaba iluminada con faroles que brillaban y se balanceaban a merced del viento mientras el sol se ponía en el horizonte bañándolo todo de un halo dorado.

Los invitados tardaron horas en marcharse y entonces, cuando se quedaron solos, Athena y Alexios consumaron el matrimonio de manera lenta, con ternura.

–Estaba preocupado –le confesó él después de haberle hecho el amor–, en la iglesia, quiero decir.

–¿Y eso? –le preguntó ella.

–Después de todo lo ocurrido, tenía miedo de que hubieses cambiado de opinión. Y cuando te he visto aparecer del brazo de Loukas ha sido uno de los momentos más felices de mi vida.

–Si todavía no estábamos casados.

–Lo sé, pero ha sido cuando me he dado cuenta de que estaba conteniendo la respiración.

Él tomó su mano y se la apretó.

–¿Cómo no iba a casarme contigo, si eres el padre de mi hijo y el hombre al que amo con todo mi corazón? –le preguntó ella–. ¿Si eres el hombre perfecto para mí en todos los aspectos?

–No soy perfecto, Athena. Y tú lo sabes mejor que nadie. Gracias por haberme dado una segunda oportunidad. Prometo que intentaré ser el hombre que mereces y el padre que merece nuestro bebé.

Ella sonrió.

–Estoy segura de que lo serás.

–Athena, cariño, ¿tienes idea de cuánto te amo?

Ella abrió los brazos a modo de invitación y sonrió.

–Demuéstramelo.

Y Alexios se lo demostró.

Acepte 2 de nuestras mejores novelas de amor GRATIS

¡Y reciba un regalo sorpresa!

DESEO

¿Serían capaces de fingir hasta llegar al altar?

El secreto del novio
ANDREA
LAURENCE

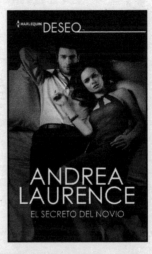

Para no asistir otra vez sola a la boda de una amiga, Harper Drake le pidió a Sebastian West, un soltero muy sexy a quien conocía, que se hiciera pasar por su novio. Fingir un poco de afecto podía ser divertido, sobre todo si ya había química, y nadie, ni siquiera el ex de Harper, podría sospechar la verdad. Lo que no se esperaba era que la atracción entre ellos se convirtiera rápidamente en algo real y muy intenso, y que un chantajista la amenazara con revelar todos sus secretos.

¡YA EN TU PUNTO DE VENTA!

Bianca

Ella es mía... ¿pero su inocencia hará que me cuestione todas mis reglas?

MÁS ALLÁ DE LA RAZÓN

Caitlin Crews

Yo nunca había deseado nada tanto como a la heredera Imogen Fitzalan. Me casé con ella para asegurar mi imperio, pero mi inocente esposa despertó en mí un innegable deseo. Un deseo tan abrasador no había entrado en mis planes, y sin embargo ahora tenía un nuevo objetivo: despojarla de su obediencia para reemplazarla con una feroz pasión que rivalizara con la mía...